LOCUS

LOCUS

LOCUS

LOCUS

LOCUS

LOCUS

to

fiction

to 18　6封布拉格地鐵的情書

Román pro ženy

作者：米哈・伊維(Michal Viewegh)

譯者：林蒔慧

責任編輯：陳郁馨

法律顧問：全理法律事務所董安丹律師

出版者：大塊文化出版股份有限公司

台北市105南京東路四段25號11樓

www.locuspublishing.com

**讀者服務專線：0800-006689**

TEL：(02)87123898　FAX：(02)87123897

郵撥帳號：18955675　戶名：大塊文化出版股份有限公司



總經銷：大和書報圖書股份有限公司　地址：台北縣三重市大智路139號

TEL：(02)29818089(代表號)　FAX：(02)29883028 29813049

排版：天翼電腦排版印刷股份有限公司　製版：源耕印刷事業有限公司

初版一刷：2003年2月

初版 7 刷：2004年 3 月

定價：新台幣250元

Printed in Taiwan

Román pro ženy

# 6封布拉格地鐵的情書

Michal Viewegh 著
林蒔慧 譯

# 目錄

# 譯者序

林蒔慧

捷克，布拉格——這幾個字乍看之下的聯想，似乎總和米蘭．昆德拉、哈維爾或是赫拉巴爾那沉沉的文學氣息相互契合。文學之於捷克，是諷刺性的玩笑，民族性的象徵，也可以是喧囂裡的寂靜。

但是，在一九八九年開放後的捷克，隨著政經局勢的改變，文學的存在似乎也不再那麼地純粹。在資本主義的醞釀下，捷克文學有了赫拉巴爾，也出現了米哈．伊維。

基本上，赫拉巴爾和米哈．伊維是無法比較的。赫拉巴爾的作品詩體式地表達個人的渴望和達到自我極限的努力；但是米哈．伊維則以附和一般大眾的輕鬆描述方式敘事鋪陳，在內容的表達上不讓讀者有太大的空間去聯想沒有用言語明確表達的地方。赫拉巴爾用人的純淨靈魂作爲誘惑，作品本質則獨立於約定俗成的商業關係；米哈．伊維提供給讀者的聯想空間因爲他的接近時代潮流而略顯貧乏，但是爲現代捷克文學帶來了一套米哈．伊維式的「文學現實主義」——文學應該是每個人都知道的，每個人在生活中都可以找得到的。

因此，米哈．伊維的作品大多是具有自傳性的色彩，從《悲慘生活的極樂時光》裡的克維多，到《6封布拉格地鐵的情書》裡的奧立佛。或許就如同米哈．伊維自己曾說過的那樣，所有的文學作品當中應該要有一些眞實再加上一些臆想。具體的部分是眞實，而他自己所感受的部分是不該表露出來的。

米哈．伊維的成功，還歸功於作者對每一本書的深層思考。對米哈．伊維來說，一件文學作品的誕生，除了文字上的意像以外，出版前後所製造出來的激盪也是另一個的重點。在出版《6封布拉格地鐵的情書》之前，在布拉格地鐵車廂廣告眞的出現了公開情書；他二〇〇二年出版的最新作品《與克勞斯相處的美好時光》(Báječná léta s Klausem)，則刻意選在捷克總統大選前出版（克勞斯是總統候選人之一）。引人深思的是，這個寫作的過程和作品所欲陳抒的眞正意義變成兩件不同的事，但是所反映出來的其實就是最初的本質。藉由宣傳手法把文字的另一層思考帶入群眾，卻又不失文字應有的內涵，這做法在資本主義發達的社會也許並不爲奇，但是對於經過了長久的封閉而於八九年剛開放的捷克社會，卻造成了一陣風潮。

米哈．伊維會成爲捷克當代文學天空中最閃耀的星星，不是沒有道理的。他的讀者不需要在沈重和長時間的沉澱之中尋找答案；他的作品不需要因爲意見本身而有所妥協，因爲他已經在表達方式上做了妥協，然後讓他自己的意見很自然地表達出來。

## 一九九九年十二月二十日，於布拉格

親愛的羅拉：

妳什麼都沒留下，只留給我思念。我寫下的這句話，聽起來像是美國暢銷小說中會出現的愚蠢對話，我們還曾經一起嘲笑過這類東西——但我現在講起這些陳腔濫調卻是眞的發自內心深處。每一天，每一小時，我都想著妳；在公司，在車上，在家裡，在Z醫生的候診室中——在每一個地方想著你。每當我在記憶中搜尋到新的畫面或者只是些新的情節，我都會欣喜若狂，但是又會馬上陷入低潮。妳應該會嘲笑我吧。但我眞的還是會想起那些看來似乎很傻氣的情節，例如妳在我家澆花時那煞有其事的模樣；妳挖耳朵時那滑稽的表情……很可笑，是吧？我會想起妳在星期天的早晨一覺醒來，心情極好，決定爲我們做個炒蛋或新鮮鬆餅當早餐——我現在可以清清楚楚看到妳光著脚丫站在廚房瓦斯爐前的樣子，身穿我那件白色棉質T恤，妳總是穿著它睡覺，T恤上還印著妳最喜歡的綠色薄荷牙膏的漬跡。

我的愛，十二月裡我寄了三封信給妳，但妳一封也沒有打開。在一個陰沈沈的十二月晚上，我在寫信給你時，突然在腦海中想像著你在下班回家途中站在某個地鐵車廂沉思的模樣——於是我冒出了一個「主意」，想到要用那個不尋常的方式寫信給妳。我打賭，聽到「主意」這個詞兒，妳那漂亮的嘴角大概會露出鄙視的笑意，或者會不耐煩地閉上眼睛兩、三秒鐘，一如妳每一次對待我那些蠢主意的反應——就像我們第一次到克羅埃西亞度假那次，我說我們應該用剩下的當地貨幣去買一塊漂亮的砂岩墓碑（Z醫生認爲，我那時候就很明顯地害怕會失去妳的愛，而且我可能在潛意識中就需要某種東西來保證妳永遠不會離開我……）。回到我剛才講的「主意」：我對自己說，我決定買下半年的車廂廣告看板，要向全世界公開宣佈我對你的愛……冒出了這個主意以後，它就揮之不去了。用六封情書取代那些愚蠢的有關地毯或植物油的廣告！我很興奮，在家裡來回踱步（我相信妳很可以想像這一切，因爲自妳離開之後，家裡所有的家具都没有移動過），我想像著當妳發現了我爲妳刊登的廣告時會怎樣反應：妳好奇地湊上前看，然後充滿疑惑地唸起廣告中的句子，或許會皺皺鼻子，眉間露出可愛的小皺紋……而我想了不下千次，等妳恍然大悟，發現這個廣告是寫給妳的——這時妳會瞬間屏住呼吸，臉色漲紅，說不定會稍微往後退一步，四處張望，怕車廂裡會有人認出廣告看板上那封信的收信人就是你……然後你就馬上裝出不感興趣的樣子……

我的愛，我每一個月只給妳寫一封信，也保證每封信不會超過六十行。我必須逐字斟酌，盡可能精簡地使用文詞。現在我只期待一件事：妳每天都會搭地鐵到出版社上班，那麼你遲早會在廣告看板上看到我寫給妳的信——瞧，人類最大的希望竟是如此渺小得可笑？

深深地吻妳（深深地，或許是個過於笨拙的用語，但我找不到更貼切的字眼了）。

奧立佛

# 開頭

親愛的女人們：

本書是關於我個人的**愛情小說**——聽起來不錯吧！奧立佛可能會說這是一**個關於愛情及其所有附屬事物的小說**。這本小說主要就是在講奧立佛。但也和傑夫、瑞奇和羅伯有關（完全按照出場順序排列），並且附帶幾則我媽和我好朋友英格麗的短得不能再短的愛情故事。英格麗是我從小到大最要好的朋友——以上資訊僅供各位參考。我自己本身最痛恨在讀一本書讀到快六十頁了還搞不清楚裡頭的人物誰是誰，假如這樣，我就會放下書不讀了——因此妳們可以了解我是在爲各位著想，以免發生同樣的狀況。既然我提到了我的好朋友英格麗：如果妳們想知道英格麗長什麼模樣，請在心中想像一下電影明星茱莉亞·羅勃茲的樣子，然後在她的門牙中間加上一條縫隙，減掉十歲，再減個二十三公分的身高——我們的英格麗大約就是這副模樣，與茱莉亞·羅勃茲一模一樣的蓬鬆鬈髮，同樣迷人的棕色眼睛和美麗的寬唇……英格麗的人生時光大多用來詛咒她那道牙齒之間的漏縫和那少掉的二十三公分。當然，我們的英格麗是美麗的，但也沒有艷麗到令人望之卻步的程度，如果她再長高二十三公分，而且如果她沒有那道牙縫，那麼世上就很少有男人敢去碰她了。不過情況恰恰相反。對於男人來說，英格麗代表了一個可以和茱莉亞・蘿勃茲上床的好機會；假如英格麗穿上二十五公分高的高跟鞋（反正她也不穿別的），然後閉上嘴巴，那麼這個假象簡直是近乎完美！

我媽，雅娜，是個自由接案的翻譯工作者，她有時候會說她的工作是把愚蠢的捷克文翻譯成英文、德文或西班牙文。當她這麼說話的時候，多半是在對那些個企業高階經理生氣；這些人自己一輩子沒學會任何外國語言，卻又缺乏耐心地大聲嚷嚷，嫌我媽在翻譯諸如「**火車調度場**」、「**進站點**」、「**滑行斜面**」（這是最近有個鐵路單位的高階主管要她做的翻譯）等等名詞時譯得太慢。

我的名字叫做羅拉，今年二十二歲，在《淑女》雜誌社做編輯。奧立佛曾說，**《淑女》雜誌等於是給四字頭的女人看的男人幫雜誌**。但這只是個比喻，並不見得就是事實。像我媽就年過四十，但她從來不看我們的雜誌。她認為《淑女》雜誌就跟那些新世紀心靈音樂所具備的鎮定心情功效差不多。去年她從瑞奇那裡得到一套心靈音樂卡帶當作耶誕禮物，可是她不但沒有因此舒緩心情，反而被激怒。那一套卡帶的音樂，說穿了其實不過是鳥叫聲加上海浪拍岸的聲音。我媽聽了幾分鐘，認為這些音樂是**死亡的組合**，於是在鳥聲啁啾中，她使勁兒把卡帶從錄音機取出！

好啦，我想，一開始提供這些資訊應該是足夠了。

我還沒有提到另一個人物——我自己也不知道爲什麼我還不提。或許是因爲我自己有時也懷疑這號人物是否存在。

# 第1章

## 羅拉有男朋友了嗎？——最要好的女生朋友——瑞奇的白眼——來自奧立佛的簡訊——危險的謊言

1

就從前年八月底我和瑞奇從克羅埃西亞度假回來那時候說起。

在口語的或書面的表達方式的開頭，似乎最好要帶點幽默感——至少那些演講教戰手冊這樣建議。我常買一些教人如何不被小事打敗或是如何建立和諧兩性關係的大衆心理學書籍，因爲我一直困惑於一種也許天眞卻也令人擔憂的想法，就是我以爲這些書裡面含有一些讓人擁有幸福生活的基本常識……算了，先別管這個，但上述這類書籍的作者們一致認爲，「幽默」可以**建立友善氣氛，並且讓聽者同意說話者的立場**。所以我告訴自己，既然這樣，那麼這本書的開頭應該也可以這樣做吧。問題是，**要拿什麼當作開頭呢**？

在一切趣事之中，至少在我過去兩年的生命裡，哪一件趣事可以作爲這本小說的開頭呢？也許就這樣開始吧：我今年二十二歲，過去三年來的感情生活可說是沒有空白過——可是我那位僅存的、頭腦已經不太清楚的奶奶，每一次我去拜訪她的時候總要問我**有沒有男朋友**。

「怎麼樣啊，羅拉，」她帶著調皮的笑容問道：「有男朋友了嗎？」

我從來不知道對她的這個問題該笑還是該哭。我花了一整個鐘頭跟她說明我和傑夫、瑞奇、奧立佛及後來的羅伯的關係（講起這一類的心事，奶奶的功能似乎就取代了我媽——我那個先天下之憂而憂的媽媽，在我向奶奶吐露心事的當兒可不知道讀世界史讀到哪一段了）。我甚至把他們幾個人的照片都送給了奶奶，奶奶鄭重其事地把每一張照片放進玻璃相框，擺進廚房的櫥櫃，與其他家族成員的相片擺在一起（其中大多當然是爸爸的照片）。但奶奶從來沒有搞清楚狀況。

「我說，羅拉呀，」在那一個八月的某個星期五午後，我去拜訪奶奶，把我在克羅埃西亞度假時買給她的禮物送去，她還是問我：「妳現在到底有沒有男朋友啊？」

親愛的女人們，妳們知道當時我是怎麼回答她的嗎？

我也不知道爲什麼我會那樣回答，我大概只是很單純地不想對她說謊吧……

我對她投以童話人物潘科洛娃那般楚楚可憐的目光，回答她說：「有啊，奶奶。而且**有兩**

個。」

2

話說我們從克羅埃西亞度假回來的那天：我們是星期四下午回到家的，那時家裡空無一人，我媽還在芝加哥和她當時的男友史帝夫在一起，所以瑞奇決定在我家過夜。

我對於他這個決定不覺得特別高興。

我慢吞吞地把行李箱裡的東西拿出來（瑞奇想要幫我，但是我說不要他幫），我每拿起一件T恤在手上，就想起我穿上這件T恤的那一天——以及奧立佛穿它的那一天。在上飛機前打包行李時，比基尼泳衣還濕漉漉的，所以現在帶有一股霉味，但是也還聞得到海洋的氣味。我的嗅覺一向極為靈敏——我想大家知道，這樣有好有壞。假如你不住在空氣清新的小樹林裡，而是像我一樣每天必須搭灰撲撲的地鐵上下班，具備靈敏的嗅覺就不是好事；但你也許可以品酒、區分各種花的香味，更會在分辨各種名牌香水時對此心存感激（老實說**我愛死了價錢昂貴的香水**）。不過一般來說，嗅覺太靈敏會讓人吃苦，因為就算是微臭，大部份的人只是感到**不太愉快**（如果感覺到了的話），但對於像我這樣的人來說可眞的**會死人**的。

回到事情的發展。

幸好瑞奇決定去附近的小酒館玩射鏢，如此一來我就可以趁機打電話給英格麗，向她傾吐一切：我大概戀愛了！愛上一個快四十歲的男人！

電話那一頭很安靜，我發現英格麗對於我的興奮沒有什麼反應。過了一會兒，她說，四十歲會不會差太多啊。

「我本來也這樣覺得……」我有點洩氣。

然後英格麗問我，晚上要不要一塊去跳舞，慶祝我的歸來——在一趟長途旅行之後，這對我來說太累了。

我提議：「今天不要。你不要生氣。明天再去好不好？如果你想一個人去，可千萬別做傻事……」

我知道我在說什麼。只要是和性有關的事，英格麗總是領先我一步。我的第一次發生在十九歲那年，英格麗則是在十五歲的時候；自此以後，她的經歷就多采多姿，但她並不是每一次都出於自願——有一次，一個專業舞者把她綁在床上半個晚上……通常，在經歷了這類事件之後的隔天早晨會出現一通哭聲淒厲的電話（猜猜看她都是打電話給誰，可以有猜三次的機會……），然後大約三星期她都保持獨身狀態。在這段獨身狀態的期間，英格麗通常會去報名參加一、兩門的成長課程。假如我在這段特別時期去她家看她，她常會大叫：所有的男人都應該閹掉。過了一個星期之後，她又會開始穿著無袖背心坐在某個咖啡館裡搜尋新的獵物，向身穿喀什米爾毛衣的黑髮綠眼小夥子眨眼，說不定到了晚上就會跟他上床，然後愛上他，在認識了一個星期以後到「**生活藝術**」這類的設計師級家具店買張橘色單人沙發送他。(那個小夥子當然會嚇一跳，馬上與英格麗保持距離，覺得她很古怪，漸漸與她疏遠。)

他這樣做事實上是對的。

3

我星期五還有休假，如果想要的話，我其實可以安安穩穩睡到十一點鐘的，但我並沒有這樣。太陽一出來我就睜開了眼睛，死盯著天花板。我等不及要打開手機——但我不能在八點以前打開手機，否則瑞奇一定會起疑心。我必須在晚上關掉手機，因爲我在假期中發現，即使只是小小聲的簡訊通知嗶嗶聲，都會把瑞奇吵醒。妳們是知道的：夜裡一點半，妳睜開眼睛，因爲妳不確定有沒有嗶聲響起（只有兩種可能性，而你兩者都害怕）——前面的牆上映著綠色條紋的螢幕顯示……於是你漲紅著臉（幸好房間黑漆漆的），屏著氣，小心翼翼走到小桌子前，拿起手機，以最快的速度讀取訊息（當然要這樣！免得一不小心妳的男友就可能會看到簡訊）：

有什麼能比一個撲了空的擁抱更令人感到空虛？

你立即刪除簡訊，儘管你這樣做的時候心在淌血。螢幕的亮光消失了。黑漆漆的飯店房間裡，現在只閃著妳那位充滿妒意的男友的白眼……

親愛的姐妹們，我想妳們當然可以想像上述情景——畢竟現在人人都有手機。

我敢打賭，妳們很知道手機那短短的嗶聲所可能造成的燥熱不安……

4

最後，我還是辦不到。七點十五分，我起了床，把眼鏡戴上。瑞奇還在睡——或者在裝睡。

順帶提一提眼鏡：我小學三年級就開始戴眼鏡，所以早就很習慣眼鏡了。我對這沒什麼特別的感覺，從以前就這樣，以後也會是這樣。我從來沒有考慮過要戴隱形眼鏡——因爲第一，我現在可以找到很相配的眼鏡；第二，我原則上反對人把自己的手指放進眼睛裡……那樣的動作令我想吐，每次看到有人把下眼皮往下扯，給全世界看他那紅紅的眼粘膜，我就覺得要昏倒。而且，那看起來好像是只有低能兒才會做的動作——妳們眞正注意過那些人在戴隱形眼鏡時的表情嗎？

算了，不談這個了。我一戴上了眼鏡，便走到廚房，把手機打開，確定一下有沒有什麼人在夜裡寄簡訊給我。我說「什麼人」，當然是指奧立佛。除了他以外，會在晚上發簡訊給我的人只有我媽和英格麗。我媽發的簡訊我隨時可以讓瑞奇讀。(只除了寫到有關他的簡訊不能讀以外——哈哈。)

我在大清早所收到的來自英格麗的簡訊，它的標準長相是這樣的：所有的男人都應該被閹掉！

5

打開後的手機，輕輕地響起嗶嗶聲。「有新信息：一封」，螢幕如此顯示。我按了按鈕：奧立佛。很幸運，沒有任何來自英格麗的簡訊。但也沒有我媽寄的簡訊，這讓我有點緊張——可是現在有一封來自奧立佛的簡訊。讀取訊息？是！！！

請妳吃晚餐——七點鐘在國家劇院旁見？奧

我腦海中冒出這些想法，依序排列序如下：

一，好高興！

二，看牙醫的時間要改，從星期一改成今天！（雖然不管哪一天去我都必須忍受牙醫所講的黃色笑話。）

三，今天上午得想辦法去一趟美容院。

四，爲什麼我媽沒有打電話？

五，必須刮腿毛手毛！

「是誰寄簡訊給你？」瑞奇從臥房那頭說道。

討厭！他怎麼會聽到手機的嗶嗶聲？他走過來了。刪除信息？是！信息已刪除。快點！無新訊息。好加在！瑞奇站在我面前，親吻我的前額（他知道我還沒刷牙），並用懷疑的眼神看著我手中的手機。

「是我媽！」我很冷血地回答：「她說她拿到飛機票了。她今天晚上回國。」

# 第2章

## 理查又名瑞奇——陰道潤滑液的使用方法——BMW與家庭財務

1

瑞奇比我小兩歲。我認識他的時候，他在市中心的國家大道上的一家手機店裡當店員，所以他有一種以手機來評斷人的傾向。

帶著最便宜的 Alcatel 的笨傢伙……

瑞奇今天要做什麼？

我不知道。

## 2

事實上他的本名叫做理查。但朋友們都叫他做瑞奇。在我看來，理查——相較於瑞奇——是很不錯的、讓人**感覺頗誠懇**的名字。但是瑞奇堅持要我喊他的綽號，所以我就這樣叫他。名字有那麼重要嗎？我對自己說。一開始，在公開場合叫他的綽號讓我覺得有些不自然，但是慢慢就習慣了。過一陣子就覺得沒什麼了。我可以順口就在人前稱呼他**瑞奇**，但其實我的語氣**有一點保留**——如果你們知道這是什麼意思的話——彷彿希望所有聽到我這麼喊他的人多少能像我一樣意識到這個綽號對我來說其實無關痛癢，我期望傳達出一種有諷刺意味的距離感。過了一年以後，我終於可以**大聲叫他**：

「瑞奇，來一下，麻煩你！」

但是以前我每次叫他時總要四下張望。他的綽號很像一件花俏而刺眼的醜陋毛衣，就像你在客滿的庭園餐廳裡吃飯喊冷時，某個有紳士風度的人爲你披上的那種毛衣……或者也像那種印著廣告詞的塑膠購物袋，就是在超市購物後通常拿到的那種……我對這種塑膠袋的反感主要是受到我媽的影響。我每次在要把東西裝進這些塑膠袋之前，都會先將它翻成反面，所以收銀台小姐總是以怪異的眼神打量我。但我寧可被那種眼神看也不要拿著印上某某**薯片廣告**的袋子走在路上。

無論如何，瑞奇倒是對自己的綽號很滿意。事實上他也對自己的姓氏感到滿意。

「柯必卻克不是個壞名字，」他說，「還有更糟糕的。我沒什麼好埋怨的。」

他試圖讓他的話聽起來有自信，但是他的眼中有問號。

「是好名字。」我很盡責地把話說得很有說服力的樣子，不過還是笑了出來：「想想看，如果你是叫何必勃起……」

他用一種猜忌的眼光看我。

3

瑞奇是個好人，是可以信賴的人。他個子不高，但長得不錯：濃密的棕髮、迷人的嘴唇和美麗的黑眼睛。我媽不在家的時候，他會坐在我家的廚房，對著我唸起房屋廣告的報紙和相關的雜誌，我注視著他，他會感到緊張，不過他通常不會表現出來。

過了一會兒，他對我眨眼示意，問我：「妳在想什麼，小壞蛋？」

我笑了。

「妳還能想些什麼？」他說完，站起身來，拉著我到我媽的床上（我的床容不下兩個人）。

「把衣服脫掉！」他命令我，而我照著他的話做。

他喜歡我服從他，所以我偶爾會滿足他的這種心態。不過我得先擦點潤滑液（因為有時候會發炎，所以得預防一下）。瑞奇表現出很孩子氣的好奇心，硬要幫我擦。

「不要，瑞奇，不要！」我覺得很不好意思。

我不是開玩笑的。

「這是什麼？」他一臉困惑地看著管狀包裝的潤滑液的瓶蓋。

我脫掉褲子，躺上床。他貼近我，**臉上表情嚴肅而且負責**，我被逗得笑個不停。他輕輕把我的雙腿撥開。我的目光在天花板上飄移不定，很擔心他的指甲會把我刮傷，但是出乎意料地，他讓我覺得很溫柔，很舒服。我的慾望因而被激起了——被他，也被我自己的想像。瑞奇心滿意足地用毛巾擦乾自己的手。突然，他看起來比以往成熟。

「請你來我這裡，瑞奇，」我請求他：「進入我裡面。」

但是，就像平常一樣：他開始大笑。一切都搞砸了。

他的肩膀在抖動，臉上漲紅，喘氣喘得露出了牙齦。看起來像個青春期的男孩。

「天啊——妳裡面那是什麼**水水的聲音**？」他呵呵笑著，上氣不接下氣。

這就是瑞奇：當他沉默，而我注視著他好看的臉龐時，我感受到眞誠的愛。

可他早晚總還是得開口說話——這時，我就會覺得我們倆的愛情是個錯誤。

## 4

但是，再怎麼說，理查（是的，我知道，是**瑞奇**）努力想規劃我們兩人的未來的這件事，令我非常感動。他剪下了房屋廣告，放在一個特別的文件夾裡，然後擺進他隨身攜帶的提包裡。這個我能了解。因爲我們沒有自己的房子，而我們只能在白天時待在我家。趁我媽不在的時候。

「一房加上一個角落的小廚房一廳，四十二平方公尺，磚造屋，在卡寧區，原屋主售。妳猜多少錢？」

「六百五十塊㊟。」我說。

他很感激地看著我。

我們談論了太多次有關房子的事，我已經可以預知全部的談話內容了……

瑞奇在房間裡來回踱步，臉色凝重。我知道他正在盤算他每個月扣掉了必要花費之後的薪水有多少。

「每個月六到七。」他很簡短地說，但是我懂。

有時他會忽然說：「不錯！BMW！好車，但是保險金可能就會要人命了，如果連你的家庭經濟都因此而吃緊……這樣划算嗎？」

「不划算的，瑞奇。」我很盡責地把話說得很有說服力的樣子。

---

譯註：捷克幣制爲「克朗」（Koruna）。一美金約兌換三十克朗。

# 第3章

## 米瑞克和《淑女》雜誌——羅拉漂亮嗎？——生和死的問題

1

我在《淑女》雜誌的編輯部裡負責讀者專欄，把來自全國各地的難以讀懂的或是寫得嘔心瀝血的信件，處理成可以見人的模樣。我當然得修修改改，有的要簡化一些有的要增添一些，有的根本就該丟掉——但是我覺得很有趣。

把這些讀者投書改頭換面，我覺得很有趣。

羅瑪娜把刊登出來的信和尚未加工的版本兩相對照，覺得很驚訝：「妳簡直可說是個作家了……」

我不能說我沒有因此而覺得高興。

2

我們編輯部的生活有一定的規律。誰早上最先到辦公室誰就先餵魚、澆花和煮咖啡。這是我們的日常慣例。在特莎左娃進辦公室之前，我們會喝著咖啡聊起昨天或週末所發生的事。反正就是，你曉得的，聊天嘛。羅瑪娜已經離婚了，算是很寂寞地生活著；芙拉絲塔和絲登卡都是結婚多年的人（她們兩人一致表示自己的婚姻並不幸福），所以結果變成我是講話最多的人。辦公室裡還有美術設計米瑞克，但他從來不說些什麼，因為他不想道人是非。所以米瑞克會認為**我太八卦了**——比方我說起我的情人們——不過我不這麼認為。

米瑞克今年三十五歲，很不幸地，他正是那種被我媽列為最看不起的**已婚上班族捷克男人**典型：冬天，他會把褲管塞進只有女人才會穿的那種靴子，永遠搭配兩件棕色的毛衣；夏天，他穿的總是從越南市場買來的藍色塑料短褲和短袖襯衫，大部分是白色的或帶有熱帶風情的設計、白色的襪子和快磨破的平底涼鞋。

「你說我在談論**誰**的是非？」我反對地說：「除了特莎左娃以外，我有在說誰嗎？」

特莎左娃是我們的主編。她不知道跟我們說過幾次，她這份工作也不過就是一個Job而已。像《淑女》這樣的雜誌是在她的標準以下的，為了證明這一點，她從來不和我們一起餵魚或外出吃午飯。她顯然想藉此顯示**她的**婚姻有多麼幸福，並且輕視那些個認為讀了這些女性雜誌便可以得到婚姻幸福的女人！

若是說我在談論她的是非，我可完全不這麼認爲，因爲就算我用盡力氣談論她好了，我覺得我說她的事情也不到她在背後說我的壞話的一半。我知道，在有些人面前**爲自己辯護**是沒有意義的，因爲他們只會相信他們自己想相信的。所以，就這樣囉！

米瑞克沒有回答我的問題，但是我知道，如果我只談論有關他的事，他會很高興。米瑞克一直偷偷喜歡著我——尤其是在我覺得自己比較漂亮的那幾天。

## 3

我長得漂亮嗎？我不知道——相信我，親愛的女人們，我是眞的不知道，絕對不是那種假惺惺的**我不知道**。我**眞的**不知道。我當然希望我是漂亮的，但是我眞的無法確定，而且也許永遠也沒辦法確定。像英格麗就說過我算是有一雙**露出聰慧眼神**的眼睛——但是從來沒有人說過我的眼睛很**漂亮**……我有一張還算乾淨但是稍偏油性的臉蛋，並且有毛孔粗大的問題。我的腰還算細，但是大腿稍粗臀部稍胖。我的胸部很漂亮（得自我媽的遺傳），但有時候我覺得大了點。簡短地說，總會有幾天我覺得我自己很美，有時甚至覺得是非常美——但在某些日子裡我覺得自己缺乏魅力，又胖又醜……這種日子的比例大概是多少呢？一半一半？差不多吧。我認爲，與其問我們是漂亮還是不漂亮（這畢竟是空洞的字眼），不如問我們是否有能力激發起別人想要來愛我們的念頭——因爲這至少是**可以證明**的東西。

關於這點，我對於自己的情況心知肚明。

我知道——謙虛一點地說——我的美，能夠激起別人的愛的能力。

因爲，曾經有一個聰明的四十歲男人，在夜裡，在我飯店房間的窗台下待了兩個小時，這不是愛是什麼？

## 4

我用自己最喜歡的薄荷牙膏刷牙，穿上衣服，不耐煩地等著瑞奇離開。他一走，我立刻打電話給美容院的珊卓。她有時間！太好了！

緊接著，打電話給牙醫。

「妳是說妳**今天就要來做**嗎？可是今天是星期五……」牙醫唱歌似的說著：「眞的有這麼急嗎？」

我急著掰出一個正當的理由。

「事關生死。」

「妳是說漂白牙齒？」牙醫笑了：「如果眞像妳說的那樣急，那妳就來吧，小白兔。三點。我準時等候妳大駕光臨。」

## 5

我還有兩個小時的時間。我再一次確定了自己不懂得處理孤獨：我獨自在家裡的時候，總覺得有人在看我，一個陌生人在看著我如何獨處。

英格麗擁有屬於自己的公寓，早已經習慣了一個人。這使我打從心裡嫉妒她。此外，英格麗也是唯一一個我可以接受和她裸體相處的女生。我不介意和她一起淋浴，也不介意她的汗味——我從小學上體育課就認得她的體味了。她有時候在我家過夜，睡前我們會互相擁抱撫摸，英格麗會做一些傻事，一些女同性戀才會做的動作：例如她會用大腿夾住我，伸出舌頭舔著玩之類的。她會瞇著眼睛，一副愚蠢的表情。這總會讓我忘掉所有的不高興，開懷大笑，然後她也跟著笑。

我喜歡她。每當她談到她的身高時，我總是會心軟。

「一百五十九公分的身高對一個女人來說，還算是正常身高。」英格麗口氣緊張，但不著痕跡地加了兩公分：「不過，看起來像茱麗亞・蘿柏茲的臉，配上一百五十九公分的身高，那眞是**災難**。」

「什麼話？」我不平地說：「怎麼會是災難？」

爲這樣子的我看起來就像一個滑稽的縮小版。像是在狄士尼樂園或哪裡的迷

只是小很多很多……」

「不要再惹我生氣。」我把她的手放在我的胸口上：「我們倆都很清楚，妳很漂亮。」

我這樣說，每一次都能撫平她的難過心情。

我媽沒有打電話來。我有點擔心，但我突然想到時差的問題：芝加哥的時間現在是晚上，所以我媽大概在睡覺。於是我拿起手機發簡訊給她，要她趕快和我聯絡。

# 第4章

## 我媽的創傷——決定柏索命運的運動鞋——保證妳瘦飲食法——布拉格機場的蒙娜麗莎——I wish I could fly

1

現在，要來說我媽了。

她飛往芝加哥找一個叫做史帝夫的美國男子。在史帝夫之前，我媽和一個叫科努的挪威人在一起一年半；在科努之前，是跟個法國人（我忘記名字了），這人在布拉格待過一星期，那時我媽替他做翻譯。

爲什麼都是外國人呢？

親愛的女人們，妳們當然知道什麼叫做孩童時期留下的創傷。妳們十歲時在公園裡被活蹦亂跳的獵狗撞倒——此後終生惶恐，害怕所有的狗。或者是，少女時的妳們因爲咳嗽而服用蜂蜜加洋蔥——此後一輩子絕口不吃任何放了洋蔥的食物。

我媽媽有類似的創傷：年輕時，她交過兩個捷克男朋友——從那之後，她不碰捷克男人。**打死不碰**。

第一個男友，她只肯說他叫柏索（我一直不清楚這是他的姓，或者只是綽號：我媽只要提到他就會火大，所以我不敢追問。）

那第二位捷克男友，是我爸爸。

2

我媽出生於一九五八年。（順帶一提，她是獅子座，而且是典型的獅子座。）一九七六年時，她在大學一年級（主修筆譯／口譯）時，開始和柏索在一起。柏索是她眞正的第一個男人。據說那是一場轟轟烈烈的愛情，但是只持續了一年。我媽一整年都對柏索保持忠貞，但是他對我媽心懷猜疑；可是他自己至少欺騙了我媽兩次。在性愛這件事上，柏索多半只想到自己，所以我媽和他從來沒有過高潮。此外，他兩袖清風，一文不名，穿著很不像話，從來沒請過我媽去一間舒服的小酒館用晚餐。

他們講好要永遠分手的那晚，柏索穿了一件舊舊的滑雪毛衣和運動鞋前往寫實主義劇院，我媽則穿上了簇新的晚禮服。我媽告訴他說，這輩子永遠不想再看到他——而且真的堅持到底。

## 3

就是在那個晚上，我媽認識了我爸。

他和柏索不同，他身上是一襲合身的深色西裝和黑漆皮鞋，並且在中場休息時間邀請我媽到劇院的吧台喝兩杯白酒。他拎著玻璃酒杯的杯腳，用有文化素養又令人舒服的低沉嗓音說話，進出都會幫我媽開門。我媽敗於命中的錯誤：她以為，此人現在的樣子就會是他**永久的**樣子。

到了一九七八年早春，我媽識破他偽裝的詭計時，已經太晚了——她已經跟一個與柏索完全一樣的捷克魯男子在一起三個月了。

都是一樣的貨色。他身上從來沒有錢，早晨會把鼻涕往洗手台擤，他不洗碗，任由餐廳服務生冷言冷語對待。諸如此類的。他唯一開過的車，是老舊的捷克國產車款，斯古達。他唯一能找到的公寓，是位在布拉格市郊柏赫尼茲區的一棟灰撲撲的預製板蓋樓房的七樓——而我媽始終受不了住在那種房子裡（但是直到今天我們還住在這間公寓裡）。他有太多的工作（無關緊要的）和太少的時間，所以總是匆忙解決早餐和午餐：裹在蠟紙裡的臘腸、塗了美乃滋的三明治、香腸，以洋蔥調味的灌腸、火腿、糕餅。我媽實在看不下去，不知道有沒有告訴他一百次他吃得不健康？如果他平常多吃點水果、新鮮蔬菜、穀類麥片、魚肉和橄欖油，他就不會在三十二歲因大腸癌去世——是吧？我媽也就不會在三十二歲之齡成爲寡婦，而我變成半個孤兒（我爸在一九九〇年的耶誕節過世時，我十二歲；從那時起，我們不再慶祝耶誕節）。他最後的那段日子又爲我媽帶來了可怕的捷克醫院歷險記：醫院走廊上的塑膠地板發臭、醫生白袍破了洞、手術房外的移動病床生鏽生得讓人毫無生趣。

以及身上有刺青的葬儀社人員。

我媽因爲我爸的癌症而恨他。

很不幸，她同時也愛著他。

「這是種可怕的組合，」我媽有時會說：「是最糟糕的那一種。」

## 4

簡言之，我媽對捷克男人是徹底失望了。

在她看來，捷克男人要不是有自卑情節的軟腳蝦，就是家裡的暴君；他們要不是小氣得不得了，就是特愛吹噓自己多麼有錢。總之，他們是粗俗的原始人，是沒教養的鄉巴佬。在街上隨地吐痰，全身發臭，穿著可怕的內衣，衣著方式令人無法恭維。他們的衛生習慣很可怕，他們吃蝦子的方式更可怕（如果有人請客吃蝦子的話，因爲我們自己是從來不會點這麼昂貴的食物的）。諸如此類。例外事件足以證明事實。

同樣的，一如她不喜歡捷克男人，我媽對**捷克語文**也不再有好感了。我媽覺得，捷克語文是一種老去的、多餘的語言。她說，絕大多數的捷克語是沒有任何作用的東西——就像捷克的**火車**。某人（好比柏索）用捷文說：**我愛妳，想娶妳，而且一輩子和妳在一起生活**——幾個月後，這些話就不算數了。捷克語文裡面的文字已經喪失了本身的意義——或者是換上了與原意完全相反的意義。

**我愛妳**，意味著**我將會拋棄妳**。

或者我將會**死去**。

諸如此類。

我媽對捷克歷史也抱持同樣的保留態度，她認爲，十九世紀的捷克民族復興運動是一個很大的錯誤。我媽堅信，假如當初那些個明明有自卑情節卻只聽命於下半身的蠢蛋們沒有搞出一大堆**蠢**事，今天我們就可以住在維也納的葛拉本大街……捷克共和國建國紀念日十月二十八日這個日子，對我媽來說等於是雅爾達會議：爲了換得國家自由，第一任總統馬沙立克不顧捷克女人的死活，任由她們被康迪立克、斯威耶克、賈克斯、塞曼和柏索之類的男人隨意擺佈，好一點的也不過是有精神官能症的陽萎患者卡夫卡或恰佩克之流。

「卡夫卡是德國人耶，媽……」我怯生生地反對，但我媽揮揮手叫我別講話。

「我不覺得十月二十八日有什麼好**慶祝**的。」她說。

## 5

我媽不碰三種東西：捷克男人、捷克火車和塑膠袋。

她喜歡外國人、飛機和名牌行李箱。

我有時候覺得我媽喜歡機場和飛機勝過喜歡外國人；我的論點是，沒有一個外國人能在布拉格贏得我媽的芳心；簡直浪費時間嘛，這些叫史都華啦、科努啦的傢伙買珠寶和香水給她，邀她去什麼「畫家餐廳」吃大餐或者是去舞廳跳舞……你們是在浪費時間啦，先生們，我心裡想，如果你們想把我媽的衣服剝開，那就回去你們自己的國家——幾天後，寄張機票給她，然後穿上你們最棒的衣服，把車子開到洗車場洗一洗，然後手拿一束玫瑰花站在機場大廳等她出關——我向你們保證，那個晚上，我媽就會是你們的了。

搭飛機是我媽的罩門。這世上很少有事情會比她走過一道有「DEPARTURES」（**出境**）幾個大字的自動門更能讓她高興；在那道靜靜地打開又關的門後面，光滑的機場大廳地板和排在登機櫃檯前的長龍正等著我媽的 Samsonite 手拖式行李箱……我媽開始排隊，露出其他那些緊張兮兮的旅客所永遠無法理解的神秘的微笑。

（「布拉格機場的蒙娜麗莎……」奧立佛曾經這樣輕蔑批評，因爲我向他說起我媽對坐飛機這件事的熱愛。）

「Good morning!」（「早安！」）辦理登機手續的小姐用英文向我媽打招呼，因爲我媽看起來像外國人。等我媽拿出她的捷克護照，那位小姐大表驚訝。

「Morning, sweetheart.」（「早安！甜心。」）我媽很滿意地回答。

這看起來實在是有夠假的，雖然櫃台小姐所犯的錯誤不無侮辱意味，但我媽就絕對不是故意犯錯了。

我媽已經是用英文**思考**的人了。

她的母語迅速地遠離了她。藉著她還記得的最後幾個捷克語字彙，她要求坐靠窗的位子——從頭到尾帶著神秘而滿足的微笑。

「妳有幾件行李？」

「Just this one.」（「只有這一件。」）我媽指著自己的行李箱。

小姐點點頭：「OK.」然後快速辦理一些必要的手續，最後，把登機證交給我媽。

「登機時間是十一點十分，」空服員有點慌張地解釋著，然後天知道爲什麼她又轉用英文說道：「Gate B six.」（「B大門六號登機口」）

「Thank you.」（「謝謝。」）我媽倒是完全很自然地回答。她拿起自己的「handluggage」（手提行李），當然是有輪子的那一種，優雅地轉身離開。櫃檯小姐偷偷注視了我媽一會兒。我媽穿著深藍色的套裝，她的動作是那麼地有自信，那麼地明確，旁邊的旅客也許會以爲她是空中小姐。她逕直走向機場大廳的 Meeting Point（碰面地點）咖啡廳，站著喝了一杯香檳，香檳讓她的腳步更加輕盈，所以她帶著電影明星一般的優雅姿態走過海關。海關人員自己也不知道爲什麼會禮遇她……在去候機室之前，我媽會先去「Duty Free Shop」（免稅商店），試一試**倩碧**的新乳液樣品，聞一聞Gucci的新香水（如果她身上有錢她就會買）——然後到B6登機門，加入等待中的旅客們，從容不迫地翹起腳來，手拿**法文版**的《ELLE》雜誌，貴氣十足地等著登機。當登機的廣播響起，我媽跟其他的旅客不一樣，她繼續很冷靜地坐著，一直到玻璃門旁那些沒有耐心的人群消失之後以及廣播再度響起：「The last call for passengers to New York.」（「往紐約的旅客，這是最後一次登機通知。」）的時候——我媽才慢條斯理站起來，把法文版《ELLE》收進皮包，向前踏出幾步，把登機證交給年輕的男空服員（她交登機證的姿勢會害男空服員臉紅）。在已經坐滿的飛機上，我媽的姍姍來遲使得所有的乘客對她投以注目的眼光。我可以打賭，在世界飛行史上——大概除了舞蹈家約瑟芬．貝克以外——沒有人能比我媽穿過座位的姿態更優雅。

「那是誰啊？」女人們低聲問自己的丈夫。

「我不知道。」男人們一邊回答一邊盯著我媽看。

我媽坐了下來。這時空中小姐已經在介紹如何使用安全帶和救生衣。我媽算是常飛行的人了，但她還是會露出驚訝的表情看著空中小姐斷斷續續的解說，特別當空中小姐先把雙掌合併，一會兒又往逃生門的方向分開時，從我媽的表情來看，她面前進行的可不只是普通的安全解說。

對我媽而言，那已然是**彌撒**，而那位年輕的女空服員則是她人生信仰的**女神父**。

這個信仰是：波音七三七飛機的巨大力量，會讓她永遠擺脫掉那些不忠實的、粗鄙無文的、衣著不入流的**捷克人**。

# 第5章

I wish I could fly——我們的女英文老師——海龜吃什麼?——我夢見他一頭小辮子扎得我的肚子好癢

## 1

親愛的女人們，現在我要告訴妳們我是怎麼飛到紐約的。我是兩年前去紐約的，去探望傑夫。(誰是傑夫?別急，我待會就會揭曉謎底。)

出發前一個星期我就開始緊張;到了上飛機那天，我更緊張了。

載我去機場的計程車司機一直試著跟我開玩笑，但是我完全沒在聽，因爲我必須集中精神確定我的護照、錢包和機票不會掉出皮包外。我的臉燙得發紅，但我的手和鼻子倒比平常還要冷。當寫著「離境」兩個大字的自動門在我面前打開時（我跟我媽不一樣，我不會察覺到英文字），我已經緊張到虛脫，必須馬上找化妝室。我把我媽那附有輪子的 Samsonite 手拖式行李箱隨身帶到廁所裡面，因爲我怕放外面會被偷走。但也因爲這樣，廁所的門不大容易關上。從洗手台上的鏡面可以看到，有兩個女人在注視著我奮力關門。（我不知道她們在想什麼，不過她們絕對不會把我當成空中小姐……）

離開化妝室之前，我還快快檢查了一下我的護照、錢包和機票有沒有掉出皮包外，然後在一個藍色的螢幕裡面梭巡我的班機號碼……沒有我的班機號碼！我慌了。我身邊走過一個說捷克文的飛行員，我趕緊抓住他袖口鑲有金色飾邊的手。

「請你告訴我爲什麼螢幕上沒有顯示 New York?」

我聽到我自己的聲音裡有歇斯底里的徵兆，但是我已經沒有辦法控制它了。

飛行員轉身向他的兩位同事。

「爲什麼螢幕上沒有顯示 New York?!」他對那兩人複述了一遍我的問題。

然後他抬頭看看螢幕，低頭看看我的行李。

「我猜妳是要**離境**的吧？」

我不解地點點頭。

飛行員帶著捉狹的笑說：「那妳幹嘛看『**抵達**』的時間表？」

我臉都紅了，很不好意思地向他簡短道謝後，就趕緊離開，去找寫著**離境**的螢幕顯示器。

上面確實有我的飛機班次——還有辦理登機手續櫃檯的號碼。我趕緊把號碼寫在紙上，以免待會兒忘記。

「妳帶幾件行李？」金頭髮的空服員對著手裡拿著機票走向櫃檯的我問。

「兩件。那個箱子和這個皮包——但皮包我想帶到飛機上。」

「那麼就是一件行李，」空服員一邊說一邊扮鬼臉，然後接著說：「走道還是窗口？」

「窗口，謝謝。」我很拘謹地回答。

我試著動員我的自信。這個心理有障礙的殘骸不會是我吧！

我又接著說：「我不抽菸，所以是不是可以……」

「我們**所有的**班機**幾年前**就都規定在空中禁菸了，」那小姐不耐煩地對我說：「十一點十分，登機門B6。」

那位空服員明白表示我的手續辦完了，但我還不願意離開櫃檯。

「B6？」我的聲音裡透出擔憂：「在哪裡？」

空服員嘆了口氣，看了我一眼，然後開始解釋。

在Meeting point咖啡廳裡，我察看著菜單，想弄清楚一杯礦泉水要多少錢，然後我到自動販賣機買一瓶礦泉水，吃完暈機藥後走進海關。我的表情緊張，一副我身上攜帶了五公斤純海洛因的樣子似的。我覺得海關的警察一臉懷疑地打量著我。我在冒汗。找到了登機門之後，我一邊坐進旅客對裡面，一邊問旁邊的人是不是這個登機門。我的皮包裡有一本《柯夢波丹》雜誌（**捷文版**），但我現在實在靜不下心來讀它。我等待登機的廣播響起，手裡緊握著登機證，心裡一邊祈禱著別出現亂流。最後我決定在關上手機以前再打個電話給我媽，雖然我們先前講好了我到紐約再打電話給她。

「發生了什麼事？」我媽很好奇：「班機取消了嗎？」

「沒有，我只是打電話告訴妳說，我現在已經在登機口了。」

電話的另一端一陣沉默，然後我媽乾笑說：

「好啊！很棒。親愛的，妳還是做到了！」

等到我們的談話結束，我關上手機，覺得有點丟臉。

我環視四周，確定沒有人在看我，然後從皮包裡拿出我的絨布小袋鼠——然後，給了它一個飛吻。

2

現在回到故事。我是怎麼認識傑夫的。

我必須先離題一下。我十九歲中學畢業，沒考上哲學院（本打算主修捷克語文系和心理系）。

那時我還是處女，英文程度不佳。有關的藉口如下：我還是處女的這件事，要怪我那些同班同學，因爲我中學四年裡想都沒想過要跟他們那些吵吵鬧鬧的笨蛋之中的任何一個上床……此外，我實在是害怕得到性病。有幾次我答應跟他們一起去喝咖啡，但每一次都以失敗收場。我坐在這個或那個男生的對面，他的眼睛反射著燭光——但是我心裡會想到他的臭味，想到愛滋和葡萄球菌……

我的爛英文則要怪我們的英文老師。我跟她互相看不順眼。實際上她不是英文老師——她只不過是一個平庸的、重新通過英文檢定考試而後才改行的**俄文老師**；而我個人的原則是不喜歡**改造過的東西**。對我來講，改行的俄文老師跟阿姨留下來的修改過的衣服沒什麼兩樣。**二手語言**。把一種斯拉夫語言改造成英文，這能有什麼好下場。再說，天知道爲什麼她會認爲她極端不自然的發音是英國腔……但是，光是歇斯底里就使她沒辦法把英文講得像母語。她自己應該也感覺得到，因爲每次上課之前她都會很緊張，難以想像的緊張。上課前她拿著三個錄音機跑到我們的教室裡，顫抖著手從公佈欄上撕下沒拉拉練的金•莫理森（Jim Morrison）的相片（儘管佈置公佈欄的英格麗提出強烈反對），然後在公佈欄上貼滿了倫敦警察、雙層巴士、紅色電話亭和倫敦大鐘的彩色照片。Welcome to London！

I know。I just make excuses。（我知道，我只是在找藉口。）

那時的我，是個懶惰、茫然、缺乏安全感又超級愛挑三揀四的黃毛丫頭。

3

一個戴眼鏡的十九歲的不會說英文的處女。

對此，很難判定我媽比較能夠接受哪一項。她總不能找個採花大盜來強暴我，所以她好歹替我報名了爲期一年的英文密集班課程——在那所她教過書的學校。她宣稱那所學校是以非傳統教學方法而聞名的。

這一點應該早些提醒我的。

第一堂課，我很不幸遲到了十分鐘。我打開教室的門，心裡還在想教室裡面不會有人；但是後來我看到了他們：學生們有的坐有的跪，甚至有人趴在地上。在灰色的橡膠地板上。他們沒有一個穿鞋，而且每一個人的額頭上都貼著一張黃色的紙用英文寫著：**兔子**、**野豬**、**松鼠**、**馬**、**北極熊**……

「Hi, you must be Laura!」（「嗨，你一定就是羅拉。」）一個身穿鬆垮衣服的大屁股美國女老師注意到我，歡迎我說：「I know your mother. She is absolutely great!」（「我認識令堂，她很棒！」）」

「Yes, I know.」（「是，我知道。」）我用嘶啞的聲音回答。

那位美國女老師點了好長時間的頭表示同意，露出燦爛的笑容。然後她壓了壓我的膝蓋，拿一張寫著「Turtle」的紙片給我看，並把它緊貼在我眼鏡的上方。

我不知道這個英文字是什麼意思，猜想可能是**浣熊**之類的，但不很確定。那些奇怪的人用滑稽的樣子看著我。不知道誰的腳臭死了。

美國女老師馬上接著說：「You are a turtle now! Isn't it fantastic? Look around and find some friends!」（你現在是一隻海龜！這不是很棒嗎？看看四周，去認識一些新朋友吧！）」

她壓住我的肩膀，所以我得用手頂著地板，雙腳承受的壓力也就愈來愈大。但在那時候，一個穿著格子紋襯衫，留著我向來受不了的小鬍子的胖子**爬**到我身旁。他喘著氣。他額頭上寫著他是Sea calf。海什麼？**海蛇**嗎？我想他喘氣是因爲他想讓自己看起來更像一隻動物。

「Hi, sweet little turtle! Do you know me?」（「嗨，可愛的小海龜，你知道我嗎？」）那隻sea calf一邊喘氣一邊說。

大家都一副這件事超好玩的表情。

「嗨！」我盡量小聲地用捷文對他說：「sorry，我不知道這個英文單字的意思！」

「Speak English, turtle! No Czech!」（「海龜，講英文！不准講捷克語！」）那個美國老師大叫。

我吸了一口氣：「I don't know this word.」（「我不認識這個字。」）我指著胖子冒汗的額頭說。

於是，那個美國老師叫那人解釋。他用英文形容**他很胖，而且整天躺在海灘上**。

「Are you a German tourist?」（「你是德國來的觀光客嗎？」）我想開個玩笑，可惜沒人聽見我在說什麼。胖子可能是沒有聽到，也可能是很介意。

「我不是。」他口氣厭煩地說：「我是海鷗。」

說英文，那個美國人又叫著。

ＯＫ，他說。臉上不再有笑容。

「What do you like to eat, turtle?」（「海龜，你喜歡吃什麼？」）

可惡。我怎麼會知道我喜歡吃什麼？我連我自己是誰都不知道。我覺得我的臉開始發熱漲紅。我再也沒辦法掩飾了：我不知道自己的名字是什麼。

所有的海鷗、駱駝、野豬和松鼠都用寬容的態度看著我。

「海龜……」那個人用一副一聽就知道的輕蔑口氣說：「What do you like to eat?」（「你喜歡吃什麼？」）

天啊！我怎麼會知道海龜吃什麼？妳們知道嗎？我不知道！

我站起身：「Excuse me, I have to go to the bathroom.」（「對不起，我必須去一下洗手間。」）

我用標準的英文說出這句話。

然後我就走出教室——而且決定再也不回去那裡。

4

「我再也不要去那個地方！」我跟我媽說：「我要找一間**不使用**另類教學法的語言學校。」

「好啊！那妳就去那些塡鴨式和普魯士訓練的補習班好了！」

過兩天，我去看了幾家語言補習班，但它們對我而言都太摩登了。最後我決定去國家大道上的國家語言學校——那間看起來比較可靠。我探看了一眼上課中的教室，所有的學生都規規矩矩坐在椅子上，教科書放在桌上。

沒有人躺在地板上。

我就到辦公室報名了。

5

第一節課，我就愛上了傑夫。

他很高，很瘦，戴著方框邊的眼鏡，而且有一頭淺褐色的小辮子；有時候我在課堂上跟別的同學用捷克語交談，這時他會害羞得很可愛，露出不知所措的笑容和那不知所措的表情，然後，一雙深邃迷人的眼神便在教室裡無助地游移。

「Let's speak English, please.」（「我們來說英語吧。」）他用拜託的口氣對我們說：「We should speak English....」（「我們應該要說英語的。」）

我總覺得他看我的時間比看其他同學來得長，而且他常常對我笑。我不只一次從文法練習中抬起頭來看他的手，看他細長的手指翻閱厚重字典的模樣。

我開始夢見他。在夢中，他一頭小辮子扎得我的肚子好癢……最後，我實在忍不住了，就把一切都跟我媽說。

「終於……」我媽的評語是：「時候到了。」

之後，我們互相擁抱。

6

我還需要得到英格麗的祝福：對我來說，英格麗在這方面算是權威，我不能不先問她的意見。因此我帶她去看傑夫。

傑夫站在咖啡自動販賣機前的排隊隊伍中，那兒跟平常一樣人很多，所以傑夫沒有在學生群中注意到我。英格麗展現出令我驚訝的勇氣，上前排在他的後面。

英格麗看著他投下硬幣，然後轉身告訴我說：「我贊成！就是他！」

我感覺得到我的心在蹦蹦跳；販賣機發出低沉的聲音，傑夫彎腰確定塑膠杯放好了位置。

英格麗馬上說：「很迷人的小屁股！」

我嚇死了，請她小聲一點，但是好像傑夫什麼也沒注意到。

「他看起來不錯，他一定有一些經驗。」英格麗很冷靜地繼續說：「我猜想，如果妳告訴他這是妳的第一次，他會很感動而且會對妳很溫柔！妳應該會喜歡的……」

我把食指按住嘴唇，請英格麗再小聲一點。

「況且，他是美國人，一定會用保險套。但是記得要叫他剪指甲……」她翻翻白眼示意，我的臉都紅了。這時，傑夫終於注意到我們了。

「哈囉！羅拉！」他笑著打招呼——帶著一點不知所措的樣子，咖啡也灑了一些出來。

「哈囉！傑夫！」

英格麗倒是開心地看著我們倆。

## 7

我們互望的次數越來越頻繁。我好幾次從英文的條件句句型當中抬起頭來，一抬頭就接觸到傑夫注視我的目光。其他人自然也注意到這件事。他們的評語讓我覺得不錯。

一切只是時間的問題。

星期五，下課後，我看著傑夫把桌上的書收進手提包裡，心想看不到傑夫的週末一定很難熬。其他的人湧出了教室，但是我不知爲什麼還捨不得離開。這時，傑夫輕輕咳了幾聲。

「Can I speak to you, Laura? Just for a while....」(「羅拉，我可以跟你說話嗎？說一下子就

好……」）

我點點頭——但是先走去把門關上。他對我的舉動似乎不感到驚訝。他又咳了一會兒，就看著我。

「我想告訴妳，我的確是有些經驗，但也不算多少。我想我應該是很體貼的。我也必須承認我對你很有感覺。我當然會用保險套，指甲我也修剪好了。」他的捷克語不是完美無瑕，但是十分流利。他一邊說，一邊把右手伸出來給我看。

他的捷克語發音和腔調眞令人難以抵抗。

「我最想跟你說的是，我想我很喜歡妳。」

我簡直快昏倒了。

# 第6章

夢寐以求的男人——花生醬——爲什麼羅拉要和傑夫分手？——愛情和電池——時差

1

他眞的很溫柔，很體貼，很關心我。

感覺上，他是眞的愛我的。

我也覺得我是愛他的。

我眞的開始認爲，他就是那個我夢寐以求的男人……

2

我沒有從他那裡學到多少英文，因爲自從我們在一起後，我們幾乎都用捷克語交談（雖然他對此常常提出抗議）。我是認爲，你要嘛就接受這個人，要嘛就另外去上課補習——但這兩件事沒有辦法同時進行。當這個人成爲了妳的情人，你就不能一直問他你剛才說的那句話的介系詞有沒有用對。

不過，傑夫還是教了我蠻多東西的：不要害怕談論有關性的事。享受性生活。不怕和服務生或計程車司機聊天。滑雪。開始吃花生醬。慢跑。抽大麻。進城去吃早餐。開始有自信。出門旅行。

他甚至還教我如何飛行。

3

紐約令我稱奇，卻也讓我害怕。

唯有和傑夫在一起的時候，我的驚奇感才會大於恐懼感。可是後來傑夫找到了在一家著名運動雜誌社的爲期一個月的工作，他每天早上八點半出門，到傍晚才回來。我變成是獨自在紐約生活。

第一個星期還不錯，我整天待在中央公園：我看著在哺乳的母親，看著滑直排輪的情侶；

我練習英文，我看書，並且發很長很長的簡訊給我媽和英格麗。有一次我忽然覺得：小說到底算什麼？不過是一個長長的簡訊。

傳送給所有的人。

後來天氣變了，我坐在 Strawberry Fields 我最喜歡的座椅上開始會覺得冷。（我告訴過妳們我是非常怕冷的人嗎？）於是我便轉移陣地，到**西七十二街**的小咖啡館——我和傑夫在那兒吃過幾次早餐，他們的鬆餅做得很好吃（我叫的不是巧克力醬加椰粉的口味，就是傳統的楓糖口味），而因爲餐館裡的人已經認識我了，所以即使我在那裡安安靜靜坐了一整個下雨的上午，也不會有人管我。一位親切的黑人女服務生甚至會送我免費的榛果咖啡續杯！

「Where are you from?」（「你是哪裡人？」）前些時候她突然開口問我。

終於有人和我說話了！我高興極了！這時候我才發現，她的左手纏著繃帶。

「捷克。」我回答：「捷克斯洛伐克。」

她揚起眉毛，點了點頭，雖然一臉半信半疑的表情。

那妳在紐約做什麼？她問。

我想了一下——說老實話，我在做夢：我試著用英文向她解釋：我在做一個夢，夢想在這裡找到我生命中的男人，完美的男人……

「**完美的男人**！」女服務生大聲笑了起來，「妳在紐約夢想找到**完美的男人**!?」她重複了一遍我的話，露出了粉紅色的牙齦。

我的感覺很不好，覺得她好像準備跑去廚房把她所有的女同事都叫來看我。

幸好，她並沒有這麼做……

「親愛的，世界上沒有完美的男人！」她用一副告誡的口氣對我這樣說，然後就很自得其樂地離開了……

4

我通常都在飯店的入口大廳消磨下午時光。我都選比較大型的和比較熱鬧的飯店，以免引人注目。我坐在大廳的沙發上看書，但每隔一段時間就抬頭看看牆上的時鐘，假裝在等人的樣子。我身旁坐著一些安靜的老夫婦。代表性的例子：老太太有假髻，老先生有很多老人斑，兩人默默喝著咖啡和昂貴的紅酒，只對著送飲料來的服務生微笑……

我對我自己說，這就是所謂的**婚姻**吧!?

有一次，我對面坐了兩個年輕的但是很胖的日本女生。她們脫了涼鞋，一邊嚷著一邊用OK繃纏著腳指頭。

「Can I help you?」（「我能幫你什麼忙嗎？」）忽然有人問我。可能是飯店服務櫃檯的先生，可能是男服務生，但我被嚇得直搖頭。而且我不敢抬頭看他。

又來了：那種身爲**外國人**的無能爲力的感覺。扮演自己的角色。因爲發音不準確而向人微笑致歉，微笑著問路，微笑著解讀菜單上的密碼……如果你不準備扮演這個角色，你很快就會變成一個無能的、怪異的、令人起疑的生物。

我有時候會覺得，我不屬於這裡。我到底在這裡幹嘛？夜裡我嚇得醒過來，身旁有一個美**國人**在打鼾！

## 5

但我媽對傑夫很熱情。我很能夠理解。他是一個外國人，畢業於知名大學，崇尚自由，出生於家境不錯的中產階級家庭……我媽同意傑夫搬來和我們一塊兒住，爲他煮飯，而且和我們一起旅行，跟我們一塊去看電影。她只用英文和傑夫談天說笑——我通常聽不太懂他們在說什麼……

傑夫先前在紐約或是後來在布拉格和他的同鄉碰面的時候，我更聽不懂他們的對話了。傑夫試著替我翻譯，但我在與這群人在一起的時候還是會覺得自己像個智障兒……因此，我就責備傑夫怎麼都不懂捷克語裡「**沒路用**」、「**清潔溜溜**」之類的口語說法。

尤其我感覺好像傑夫和我媽已經在籌備婚禮——我的婚禮！

我不喜歡這樣。我差一點要對自己許願——去換個我媽不會喜歡的男朋友！

Well，瑞奇是很適合我的人選！

6

那兩位同路人對於我的決定感到「absolutely shocked」（「無比驚愕」）！

「我的天！爲什麼？」我媽不解地說。

「Tell me why!」（「告訴我原因！」）傑夫嘶吼。

我該怎麼說呢？因爲我自己也不知道答案……

爲什麼我決定和傑夫分手？

難道是因爲，我好想在和別人談話時不需要常常思索句子的時態和假設用法？

難道是因爲，我厭倦了必須一直**聚精會神**的生活？

難道是因爲，我不想再在上床這件事上被人當成是大賣場美食區的貨物架？

難道是因爲，我比較愛那個年輕的手機店售貨員瑞奇，而且他是如此**容易掌握**，而且他的使用**捷克語文**的世界讓我感覺像穿上了家居拖鞋一樣自在？

請妳們什麼話都不要說。

妳們很可以想像我媽是怎麼回答我的。

# 7

我到現在還是會常常想起傑夫。有時我眞的很想念他。例如昨天，我從洗碗機裡把那些黃藍相間的碗盤拿出來時，突然想起它們是傑夫和我媽去IKEA買來的。然後我就開始想像，假如傑夫現在用鑰匙打開家裡的大門，和往常一樣，他會一邊把鑰匙扔在門旁的小茶几上，一邊開心喊著：「親愛的，我回來了！」我其實不會覺得驚訝，而會很平靜地用米色的抹布（也是在IKEA買的）擦擦手，走到玄關，踮起腳尖親吻他歡迎他回家，然後從他手中接過他在大賣場買來的一部分東西，幫他把袋子裡的東西拿出來。（我淸淸楚楚知道袋子裡頭裝了什麼：雞蛋、培根、豆子、蕃茄醬、熱狗、啤酒、開心果、橄欖、哈密瓜、鮪魚罐頭、便宜的法國起司、紅酒、巧克力餅乾和大包裝的巧克力核桃冰淇淋。）我問自己，這一切跑哪去了？難道這所有的愛意都消失了嗎？更何況他是我的初戀？親愛的姊妹，請試著了解，我**整個星期**想著他，**整天**和英格麗談他，我爲他化妝，因爲他而臉紅心跳，屏住氣，裝腔作勢，出汗，急急忙忙赴約，焦躁地等待他的電話，買禮物送他，寫信給他，因爲欲望而對他呻吟，因爲高興而結巴，說話的聲音有時變大有時變小，嫉妒，高興，哭泣，灰心——當初的這一切力氣到哪去了!?

一個小指甲般大的手錶電池，撐得還比較久咧。

# 8

我出現這種心情的時候，有那麼兩三次我走向公用電話亭，撥起那串長長的美國電話號碼。

（分手之後，傑夫就回美國，不回來了。）

第一次我打電話過去，找了個完全徹底錯誤的時間，因爲我根本忘了美國和捷克是有時差的……

「哈囉！」對方帶著怒氣。

「是我！」我小小聲地回答……

我聽到了他帶有睡意的聲音，很高興，我沒有一點幸災樂禍的意思，我只是因爲知道那個曾躺在我身旁的人會如何眨動他睡眼矇矓的眼睛而覺得高興……

聽筒的那頭沉默了一段時間……

「Do you know what time is it?」（「你知道現在是幾點嗎？」）他啞著聲音，沒有說再見就掛了電話。我好氣——而且我也好氣他幹嘛不講捷克語。他說英文的時候令我覺得他更遙遠了。

第二次打電話給他的情況也沒多好多少。我在深夜打過去——那時是美國那裡的上午。傑夫一開始有些驚訝，然後就利用我善感的心靈，以諷刺的語氣提醒我（「Let me remind you, honey….」）是我拋棄他的。他的捷克語已經不像以前他在捷克的時候那麼流利了，但他還是用捷克語跟我說話，好像要在別人面前賣弄自己似的。他變成了美國人——我突然想到那部蒼蠅人的電影。

他說：「我很快就會原諒這一切——包括原諒妳的欺騙我！」

我知道他接下來要說什麼。

「但是我不能原諒妳的是，妳是**和哪一個人**一起欺騙騙我的……」

Yes, I know, Jeff……跟那個叫瑞奇・柯必卻克的手機店售貨員。

他以道德上的優越感掛上了聽筒。我完全可以**想像**他的樣子，而且，雖然這一切是如此悲哀，我卻還是有那麼幾分鐘覺得整件事情很可笑。

## 二〇〇〇年一月二十日，於布拉格

親愛的羅拉：

很多人在談論我所寫的第一封信。辦公室裡的人問我有沒有看過那封信……我裝作不在乎地對大家說：「沒看過。」我必須承認，這樣出人意外的迴響讓我生出微帶酸澀的滿足感。我在地鐵裡注意到旅客們好認眞在讀著我所寫的信（有些人可能讀了不只一次……），我忍不住打從心底發出微笑——如果他們知道，被半數的布拉格人談論著的那個被拋棄的神秘情人就是我……我那接近平均值的略微發福（我已經不鍛鍊身體了）和疏於照料的四十歲身形，以及一個在廣告公司工作的普通上班族模樣，一定會令他們大失所望。不過，從某個角度來說，這畢竟是我在我生命中第一次出名——像**蒙面俠蘇洛**或**蝙蝠俠**那樣有名。（這只是一種比喻，妳一定會覺得好笑。）

當然，我最在乎的是妳對我的信的看法。妳多少會感到得意吧（這難道不算是一種恭維嗎？有人因爲那麼愛妳而做出這樣的事），但妳也一定會感到有些厭煩，我可以理解——妳和他在一起的新生活已經過了至少半年，我這些信只會提醒妳已經過去的一些你不願回想的不愉快……但是請妳務必諒解我。對我來說，一切都還沒有過去，一切都還是那麼眞實，像一個新的傷口般栩栩如生——假如你每個星期必須去看心理醫生兩次，這樣起碼有一個好處：寫信的時候就算使用了激動的字眼，看起來也不會覺得誇張……所以我再加上一些激動的字眼：一直到今天，每當我走進浴室，我還是會聞到妳用的乳液香味（那味道過了那麼久是不是還在並不重要，重要的是我會聞到）。我身上所有的細胞異口同聲叫喊著：我愛妳。我從來沒有那麼有自信地對你表示過我對你的愛——但，我失去的人正是妳。我**怎麼可能**不像我現在這樣做？順帶一提：對於一個從我這邊把妳的 copyright **偷走**的人，除了恨意，我還會有別的感受嗎？

我每一天的每一個小時都在想妳。特別是有一個畫面經常浮現在我的腦海——記得去年八月我在市區的柯達沖印店門口遇見妳嗎？妳那時手裡拿著剛剛沖洗出來的我們去渡假時拍的照片，邊走邊看，臉上散發出神遊他方的快樂表情——妳太專注，於是妳有時會碰撞到路人。我當然知道那些是什麼照片，所以我從遠處注視著妳，我故意等了一會兒才叫妳。那時我覺得很好玩，很滑稽……我什麼也沒意識到。

今天我對於那本橙色相簿的內容瞭若指掌，裡頭只有五張相片是在海灘上照的（天知道爲什麼妳不喜歡穿著泳裝照相）：其中的兩張照片裡，妳穿著泳衣躺在海灘上，揮手表示不要照相；另外兩張的妳則是上半身赤裸，用手臂遮住裸露的胸部，透出皮膚下的藍色的靜脈血管；最後一張是我們的合照，我們瞇著眼睛，妳環著我的肩膀……其餘的照片就是我們在港口啦、市場啦、去小島遊玩，還有在他的遊艇上照的——其中還有一張裡面有他……

短短七個月後的今天，一切都不一樣了。但我眞的已經和相片中的那個人不一樣了嗎？一切都跑到哪裡去了？難道，映入你眼簾的一切，你看進眼睛裡的一切，是那麼容易就消失的嗎？

請妳回來我的身邊！羅拉！我還是那個妳不久前還深深愛著的人。

給妳我的吻。

奧立佛

# 第7章

和美髮師珊卓討論度假時的住宿要不要附餐飲服務——美容院的吹風機突然沒聲音

## 1

「時間過得眞快……妳都度完假回來了……」我的美髮師珊卓一邊梳整我的濕頭髮，一邊和我聊天。（有一回珊卓幫我燙頭髮，回到家我媽一看到我的新髮型就很諷刺地說：珊卓這個名字很適合**藝術家**。）

珊卓說：「妳皮膚曬得很漂亮，氣色很好……」

在夏天和珊卓對話總是比在冬天容易。一般而言，五月初到九月底，我們的話題就繞著度假這件事打轉（打算去哪兒度假，以前去過哪裡度假等等的），至於在一年裡的其他季節，我實在不知道該跟珊卓聊什麼話題才好。其他在美容院的女人們總喜歡談論有關頭髮、洗髮精、護髮油等等之類的事，但我對這些一竅不通——要不就是我沒有通到一整個小時都談論這種話題。我媽和英格麗異口同聲說她們喜歡上美容院（英格麗還說，被陌生人洗頭髮的感覺很舒服）。我卻是那種如果可以就盡可能不上美容院的人：坐在鏡子前，我不得不在整個過程裡仔細端詳我自己的臉（沒戴眼鏡，披著一頭濕答答的頭髮，說多醜就有多醜）。再加上我還必須絞盡腦汁找一些不自然的話題……

「是啊！是啊！」我逼著自己裝出一副和氣的笑容：「眞可惜，假期已經過完了……」

「妳這次去了哪裡？」

「柯修拉島㊟。」我開始侃侃而談：「就在島上的城市裡，如果你們知道的話？」

「不知道，不過我聽說那裡很漂亮……」

我點頭表示同意。

過了一會兒，珊卓繼續說：「前年我們是去克羅埃西亞的巴勒次島度假。」

---

譯註：柯修拉（Korculu）是克羅埃西亞的一座島嶼，歷史悠久，位於亞德里亞海。島上有一同名的城市，相傳馬可波羅在此城出生。

我不知道該如何接話，只好挑一挑眉頭，用下巴點點頭。
「十四天！每天還附早晚餐哦！」
「我們這次也是有每天附帶早晚餐！」我回答說。
「這樣比較對！」珊卓突然放下手中的工作說：「起碼在度假時不需要煮飯，是不是？」
我沒戴眼鏡，從鏡子裡看不太清楚珊卓的表情，只能全憑想像。反正，我就是保持笑容。

2

過了一會兒，我又問珊卓：「你們去巴勒次島的那裡？」聽起來好像我對巴勒次島很熟似的。
「在**巴勒次島**的思拉特尼那邊。妳知道那裡嗎？」
我抱歉地搖搖頭——結果搖得太用力，珊卓連忙用手扶住我的下巴，以免她的剪刀傷到我的頭皮。
「對不起。」我很不好意思。珊卓說沒關係。
剪刀靜靜地發出卡嚓卡嚓的聲音。
「那妳呢？」珊卓繼續問：「你們在柯修拉島待了多久？」
「十四天……」我提高聲音，因爲吹風機的聲音越來越吵。

「這樣比較好！一個星期總是一下子就結束，沒辦法完全放鬆休息。」

我用力點頭表示贊成。

「是和男朋友一起去的——我可以問這個嗎？」珊卓大叫道：「還是和女朋友一起去的？」

我覺得她好像在對鏡子裡的我眨了眨眼，但我不能確定。

「我是和男朋友一起去的！」我大聲說，然後一幅裝模作樣的厭煩表情，嘆了口氣。

我爲什麼會有這種反應？

我向前傾身，想仔細看看鏡中的自己。

「妳這樣說不是很高興，哦？」珊卓故意提高音量。她說完還看了看她旁邊的同事。

看樣子她們在等著聽我接下來要什麼。

「但是我現在已經不愛他了。」我笑著大聲說：「我在那裡愛上了一個四十歲的男人！妳們相信嗎？」

突然，四周變得很安靜。

突然，聽不到任何吹風機的聲音。

所有的美髮師和顧客都轉身興致勃勃朝著我看。

「難怪妳會那麼急著上美容院！」珊卓滿意地說，並用勝利的姿勢環顧四周，把旁邊的椅子拉過來，一屁股坐下後說：「天啊！趕快告訴我到底怎麼回事……」

# 第8章

神秘的單身男子——羅拉變成了一道菜——生氣的無神論者去散步——終於四十

1

我第一天在飯店餐廳裡一眼就注意到他。

實際上，想不注意到他並不容易。在兩百名的旅客當中，他是唯一一個單獨坐在桌子旁的人。我喜歡他那樣子處理孤獨：平靜，帶著某種理所當然的傲氣。他慢條斯理來到餐廳，吃飯的時候臉上沒有表情，偶爾帶點憂鬱；晚餐剛開始時，他通常會向年輕的克羅埃西亞服務生點一壺五百毫升的紅酒（第一天的時候，他這舉動倒是明顯引起了隔壁幾桌的注意），他臉上常常顯露出那種可愛自嘲的表情。到了第二個星期，女服務生會和他攀談；我對這不會感到驚訝：

因爲他的穿著很輕鬆，看起來比實際年齡年輕（我那時猜他大概是三十五歲左右），一臉聰明相，笑容又和氣，所以他令人費解的落單狀態會引起我某些浪漫幻想。

後來他向我解釋我才知道，他在盛怒之下**衝到** Narodni triad 的費雪旅行社，把十天後就要成行的他女朋友的飛機班次取消（乍聽我並不相信他的說詞，但現在我知道他沒有誇大事實）。他還強調說他一點也不後悔：用取消報名的罰款一萬兩千元克朗，換來整整十四天**難得的個人自由、自責和獨處**。

奧立佛一直這樣說。

## 2

他的假期有一種拘泥的規律，甚至有點好笑。我看他每天在早餐過後，一定去吧台點一杯雙份的濃縮咖啡加牛奶，然後把咖啡端到飯店露台上的沙發上，在那兒花整整一個小時的時間看書；十一點左右，他到海灘去，先曬太陽半小時左右，然後去游泳，游得很遠；午餐過後，他會打一個盹，然後再去曬太陽和游泳；四點半回到飯店，這回的一杯雙份濃縮咖啡加牛奶則端到房間去；他會在房間裡工作到晚上——這時候，如果我想，我隨時可以從海灘上眺望他的房間，而且總是會看到他坐在房間的陽台上的小小塑膠桌旁，以令人驚訝的專注神態埋首在一部打開的筆記型電腦裡。

除了偶爾對於他孤僻的命運小有同情以外，我頭幾天對他是沒什麼感覺的，要到後來我才發現，當我舔著**巧克力甜筒**或在淺灘和瑞奇**開心**玩著飛盤時，我的眼睛卻在尋找奧立佛——一發現了他的蹤影，我就感覺如釋重負。

3

第三天以後，奧立佛開始和氣地向我們打招呼——跟其他在海灘或餐廳遇到的旅客一樣。第四天，我和瑞奇吃過晚餐回飯店時，我們在飯店裡的電梯遇見奧立佛；電梯的門一關上，奧立佛就自顧自往鏡子裡端詳自己曬黑的模樣。

「我變成了克羅埃西亞式**炸薯條**了。」他發出不滿意的評語，然後一直照鏡子。

我覺得有趣：到目前為止，每一道主菜旁邊都有烤馬鈴薯，把每個人都撐飽了；他呼出的氣息中還帶著些許當地紅酒的氣味。我照了照鏡子，並鼓起腮幫子。

「我變成克羅埃西亞**炸肉排**。」我說。

沒有裹粉的肉排也常常吃到。奧立佛乾笑了一下。瑞奇一副若有所思的模樣，好像很努力在思考他自己是什麼菜，但什麼也沒想到。我們先出了電梯。

「那就再見囉！」我告別。

奧立佛說：「再見。」

瑞奇則只敷衍地說了聲：「拜。」

4

我已經習慣了每天早上七點鐘被某教堂的鐘聲吵醒——但星期天早上六點就會聽到鐘響，連續的、單調的聲響……我會很氣被鐘聲吵醒，然後就睡不著了。我眞搞不懂這些上教堂的人腦子裡到底在想什麼？

親愛的女人們，我覺得妳們會了解，自從爸爸去世之後，我和我媽就對上帝喪失了信念（我媽只在她所搭的飛機因爲亂流而搖晃時願意原諒祂）。我完全無法忍受教堂——那種可怕的怪味、陰森、黑暗。如果我遇到非上教堂不可的時候，我會覺得像是上了電車卻沒有帶車票。

我下了床，試著說服身旁的瑞奇在早餐前陪我去晨泳，或者起碼散散步。但他只是呼嚕呼嚕轉了身，不理會我。我只好自己去了——沒想到，在無人的海灘上，我遇見了奧立佛。

我快速考慮了一下，要不要掉頭往相反的方向走，但最後我加入了他。我很客套地說：「看來你也是被吵醒的……」

他點了點頭。這時又傳來鐘聲——聽來是從另一家競爭對手那兒傳來的。我們倆同情地望著對方。

「他們不是說要**愛身邊的人**嗎……」奧立佛搖搖頭說：「我了解那些教士需要人們上教堂

──但是難道他們不能用有一點**人性**的傳教方式嗎？」

我笑了。他穿著麻質短褲和一件鬆垮垮的棉質T恤，T恤上有一些漬痕，頭髮亂七八糟，臉上鬍鬚顯然還沒有刮，左手腕戴著一只小小的錶面有唐老鴨圖案的**兒童手錶**，這襯得他那曬黑了的肌肉強壯的上臂顯得很怪異。

「信箱裡的廣告單、公路上的看版、電視上的廣告、上帝眼睛形狀的熱氣球──這些我都懂，」他說：「但是，在星期日早上六點鐘的敲打青銅的聲音是要幹嘛呢……？」

我們腳下的鵝卵石沙嚓沙嚓響著，陽光還很微弱，空氣還透著宜人的涼爽溫度，我們開始聊天──最先談的是當地的食物，過一會兒就天南地北聊到了上帝和世界。我好驚訝我們可以就這樣聊起來。通常我早上是不大講話的，但這會兒我必須克制自己不搶他的話。

我問了一些東西，也問了他的工作：他不太願意承認他在一間相當知名的廣告公司當**廣告文案**，搞些廣告短片和寫些廣告詞。他說得一副事不關己的樣子。

我說：「寫了些什麼呢？」

他指著自己破舊的褲子和T恤上的汙跡。

「說，你尚未擁有哪些！」他引用了個句子。

我大笑，請他說說他最成功的廣告詞。他伸出手給我看他的兒童手錶。

「放下想像，追求直覺！」

「這不是芬達的廣告嗎？」

「是的，但它是從這個來的。」

漲潮輕聲作響，漁夫從海上回來，陽光漸漸轉強。我脫下衣服，只穿著小可愛背心，奧立佛的目光直直落在我的胸部，毫不掩飾。

(「那當然……」珊卓用一副很有經驗的口氣加以評論。)

5

我們到市郊唯一開張的咖啡廳露台上，點了咖啡和果汁。四周有幾個本地人，眼前只有我們倆是觀光客。奧立佛說了些他朋友赫伯的趣事。時間在愉快的氣氛中溜走。

「您幾歲了——介意我問嗎？」我在奧立佛沒說話的時候試探性地問起。

「明年我就四十歲了。」他回答我的時候，直視著我的眼睛。

我承認我嚇了一跳。

「年紀大一點的好處是對自己認識得更清楚。四十歲，具體來說是人生處於最平衡狀態的時候。」他微笑著這麼說，一副想說服我什麼的模樣：「到了四十歲，你夠老了，知道自己要什麼，但也還夠年輕，什麼都不怕……」

「這我要記下來。」我接著說：「我想引用您說的話給我媽聽……」

等我意識到這句話不太得體時，已經太遲。他故意敲了敲自己的額頭。

「怎麼了？」我不解。

「我頭暈。我看到了一個年齡代溝的無底洞，就是您剛剛製造出來的……」

我很高興他不在乎。

「您沒有戴戒指。」我大膽地說：「您是在度假時不戴戒指，還是您**眞的**是單身？」

「在俗套的意義上算是單身且自由，另一個意思叫做離婚。但如果說自由是一種能夠**抗拒誘惑的能力**——順便跟你說，我很喜歡這個定義——我相對來說是**不自由的**。我簡直像一個奴隸。」

我實在忍不住了，終於問他爲什麼一個人出國渡假——他簡短地向我提出了解釋。

「我無法想像——一個人單獨在異國的某個地方！」我脫口而出：「十四天，就一個人在飯店的房間裡！就我對我自己的認識，換成是我，我會開著燈睡覺，把手機放在耳朵旁邊，四周是滿滿的用完的易付卡……」

並且把我的絨布袋鼠娃娃抱在胸前，但我想我還是不要說出這一點。

他聳了聳肩。

「人**永遠**是孤獨的。」他微微帶著歉意說：「還是要習慣這件事比較好。」

# 第9章

## 奧立佛突然不見了——不被社會接受的答案——四十塊錢的愚蠢——布喬諾娃和載得尼卻克

1

但是，接下來的一整天我都沒看到他。海灘上沒有他的蹤影。到了晚餐時間，他忽然出現，對我和瑞奇打招呼，可是我還來不及說什麼，他又不見了。

我滿心期待，希望隔天能在吃早餐時看到他坐在他最喜歡的那張沙發上。可是——他不在那兒。

瑞奇想租一艘兩人座的小艇環繞海灣一圈，但是我那天對這類的活動實在沒興趣，就叫他自己去。瑞奇很失望地說好吧。

我等著他離開，向他揮手道別（請妳們什麼也別說，拜託……），然後，我走遍附近的海灘和飯店的每一個角落，卻還是沒找到他。奧立佛房間的百葉窗一直緊閉著。我疑神疑鬼地瞅著那個到處跑的克羅埃西亞女服務生，最後我點了一杯加牛奶的雙份濃縮咖啡，端著它往陽台上那張奧立佛沙發去。

天啊，我在幹嘛啊！我這麼想著。

2

半個小時後，奧立佛拿著一杯礦泉水站在我的面前。他眼睛腫腫的，看起來沒睡好的樣子，身上還聞得到酒味。

他說：「這是我的位子。」

他的聲音聽起來有些沙啞。

「您遲到了一個多小時。」我兇他：「還有，您他媽的昨天整天跑哪去了？」

他在隔壁的沙發坐下，吧台處有兩個捷克觀光客投以好奇的注目。

「想聽實話，還是能夠被社會接受的答案？」他很實際地問我。

「當然想聽實話。」

「您確定眞的想聽實話？」

感覺上，他說得很吃力——他八成頭很痛。

「當然。」

「我很努力想要躲避您。」

我不知該如何回答，只說：「爲什麼？」

我微微裝做一副驚訝的樣子。

他沒有回答，往我對面的椅子坐下，吞下兩顆頭痛藥，然後打開書本，開始看書。

我賭氣地站起身來。

「那我就不打擾您了。」說完，我轉身就走。

3

晚上，我和瑞奇在去看民俗舞蹈表演的路上遇到他。城門口的階梯成爲臨時觀衆席，我們坐在觀衆群裡。過了一會兒，我轉身的時候，看到奧立佛坐在我們後面幾排的地方。他看起好多了，還向我點頭致意。瑞奇倒是什麼也沒注意到。那天晚上很熱，我穿了一件無肩白色洋裝，腰上綁著一件毛衣。表演開始了。瑞奇用手攬住我的肩膀。在我們下方的燈光裡，紅國王和俘虜他女人的黑國王奮戰不懈。

我的脖子感受到奧立佛的目光。

最後，黑國王被打敗了。

4

散場時，我們又遇見了奧立佛，瑞奇差一點認不出他。

奧立佛說：「晚安！」

「好……。天啊！真是一場鬧劇，是吧!?」瑞奇吐了一口氣：「還那麼無恥，要四十塊克羅埃西亞錢！」

奧立佛和我都沒有接話。接下來的沉默使得氣氛很尷尬，我最多只有兩三秒的時間做些什麼。

「我們去哪裡喝杯李子酒如何？」我用**輕鬆的**口吻提議：「我請你們男生！」

瑞奇有點驚訝，但還是點了點頭。奧立佛露出不同意的表情，不過還是接受了邀請，而且他整個晚上表現得真的很棒：他把注意力很公平地分給了我和瑞奇，並藉著講述若干廣告同行的趣事博取了瑞奇的好感。一直到瑞奇帶著幾分醉意想要撫摸我時，奧立佛小心翼翼地轉過頭去。

終於，瑞奇搖搖晃晃地去洗手間了。

我馬上開口向奧立佛要求：「給我手機號碼！」

「要幹嘛？」他好像生氣了：「想寄邀請函找我玩三P嗎？」沒有時間解釋，也沒有時間吵架。我迅速向隔壁桌的波蘭人借了原子筆，要他說出他的電話號碼。我還了筆，把寫著號碼的餐巾紙藏進皮包裡。我簡直喘不過氣來。

瑞奇回來了。

「怎麼樣啊，你們兩個？」他從遠處大聲喊著：「我們繼續？繼續喝吧？」

一個小時後，他從我的身體上滾下來睡著了。我下了床，拿著皮包走到陽台。夜晚的天空很清澈，一直很暖和；星星靜悄悄地一閃一閃。我把手機打開，螢幕的綠光照亮了黑暗。

我睡不著。我發了個簡訊給奧立佛。您相信我長了一顆牙嗎？

他沒有回覆。

也沒有回應我後來的另兩則簡訊。

5

又過了兩天，我和瑞奇本來計畫到麼耶島乘船一日遊。但我已經無法想像一整天都看不到奧立佛。於是我在前一天晚上利用毫不知情的瑞奇所提供的藉口，故意製造了一場持續了半個小時的無謂的爭吵。

所以，隔天瑞奇一個人拉長了臉，去麼耶島旅遊。

（請妳們什麼也別說，拜託。）

「爲什麼不回我的簡訊？」當我在上午找到了奧立佛後對他大吼。他沒有按照習慣在陽台上喝咖啡，而是獨自躺在海灘的盡頭。

他抬起頭，什麼也沒說。

「您不覺得這樣有點沒禮貌嗎？」我說。

他若有所思地看著我。

「沒禮貌？我不覺得。我覺得，光是你傳簡訊這件事，就自動地把我們兩個歸入兩種不同的類別了……」

我撲開了墊布，脫掉上半身的泳衣，躺在他旁邊。他閉著眼睛。陽光很強，我聞到他身上防曬油的香味。

「那個原本要和您一起來的女孩是誰？」過了一會兒，我問。

「那個……小星星。」他嘆了一口氣。

「小星星？」

「一個在演藝界流浪，一直到她原有的光芒日漸衰微的小星星。」

「所以您承諾她，要幫她指引正確的方向嗎？」

他的眼睛一直是閉著的。

「她對我抱的希望是，如果她八月份和我上床，到了九月我就會帶她去參加雅詩蘭黛的香水發表會，假如運氣好，在那個場所她會結識布喬諾娃或者載得尼卻克之類的名人……」

（我想妳們不會相信的，親愛的女人們，我聽到上床這兩字，心頭竟然生出結結實實的嫉妒。）

「您這樣不是有一點玩世不恭嗎？」我脫口而出，但我可以感到奧立佛在思考我這個問題。

他回答說：「我只是告訴您我所看到的，如果您覺得我玩世不恭，那我就是吧。」

他翻身趴著，把頭轉向另一邊。

我低聲問他：「那您對我寄給你的簡訊有什麼想法？」

「您不知道比較好。」他對著毛巾喃喃說著。

「回答我。」

他嘿嘿笑了。

「好吧。眞正的問題是什麼？」

「問題是：最近幾天，您覺得我在做什麼？」我不加思索就問了。

我自己被這個問題嚇了一跳。奧立佛用手肘支起身子，轉頭直直看著我雙眼。

「您試著把我當成一個幫您消化那個漂亮小笨蛋的消化劑。」他無情地說。

我打了他一個耳光，然後吻了他。

到離開海灘之前，我們重複了兩遍同樣的動作。

# 第10章

## 好色牙醫馬拉札克——我媽要結婚了！——弄臣一般的吉姆拉先生

1

「這些液體很黏很黏喔，」馬拉札克醫生往我口腔放入充滿填充液的銀色牙模時笑著說：「不會特別難吃，但最好別吞下去……」

他對護士眨眨眼，那護士一臉厭煩，抬眼看向天花板，然後用同情的眼光看我。馬拉札克都注意到了，但是我很驚訝他並不在意。

「咬緊！」他把手指深深伸進我的嘴巴裡：「不要動！」

多餘的填充液流到我的舌頭，害我差點嘔吐。馬拉札克馬上用壓舌片把我舌頭上的液體擦掉。

他很興奮地下命令：「深呼吸。爲了美麗，就要吃一點苦……」

這會兒，我皮包裡的手機響了——從響聲就知道是我媽打來的。我轉轉眼睛，用眼神示意，希望護士小姐幫我接電話。

「您還好吧？」馬拉札克醫生問。

幸好護士小姐懂我的意思，從我皮包裡拿起了手機。沒想到，馬拉札克醫生一手搶過了手機。我聽到我媽的聲音，可是我沒法開口回答，因爲我的嘴巴裡塞了一個大大的金屬手把。我有強烈的無力感。

「我是馬拉札克醫生，」牙醫很興奮：「這位小姐現在不方便說話，因爲她滿嘴都是我的傢伙！」

醫生一說完就把手機交給護士小姐，然後像驢子似的笑得歇斯底里。護士小姐用很凝重的表情望著他。

我嘴裡的液體慢慢變硬。

2

「那個白痴是誰？」我媽半個小時後又打了電話來。

「是牙醫，」我笑著說：「一個**捷克牙醫**……」

我很高興終於聽到我媽的聲音。

「有什麼新的消息嗎？」

「新的消息！」我掩不住興奮：「**他寄簡訊給我**！今晚他邀請我共進晚餐！」

「你是說那個在廣告公司工作的？那個**四十歲的**？」我媽很驚訝地問。

我馬上就變冷靜了一些。爲什麼所有的人都那麼強調年齡呢？年齡眞的那麼重要嗎？

「是！**就是那個四十歲的**！」我很不高興，重複了一遍我媽說的話：「**那個可以當我爸的四十歲的人……**」

「妳幹嘛這樣就發飆？」我媽說：「**我什麼都還沒說啊……**」

「是啊……難道我要等著妳說，啊，這樣眞好，祝妳幸福，啊……？」

「啊，這樣眞好！」我媽不急不徐地接著說：「祝妳幸福！」

「謝謝！」

「記得今晚還不要跟他上床！」

「是，長官！」

「明天就可以！」

我會心地噗哧一笑。我了解她的意思：連一**個四十歲的男人**都好過瑞奇・柯比郤克。

「媽，拜託妳不要這樣……」我裝作反感地說。

「稍微對他撒嬌一下——但是別太過火。」

「好啦好啦。媽，**妳自己**有什麼新的消息嗎？」

「可以說沒有什麼新消息啦，只不過——」

聽起來很神秘。

「只不過什麼？」我很好奇。

「只不過，我可能會**結婚**！」我媽非常高興地說出這句話。

我在告訴她我很替她高興之前，沉默了一會兒：所以，連媽媽也……我沒有料到她會這樣。

我永遠不懂：女人可以解放可以獨立——但到最後都一樣，聽到**婚禮**兩個字就不行了。

（親愛的姊妹們，也許我們眞的無藥可救了。）

「妳什麼時候回家，媽？」我盡量裝作很實際的樣子。

「等我買到飛機票以後。明天下午吧，或者後天。」

「那好。」我說：「吉姆拉先生迫不及待想看到妳……」

3

吉姆拉是我們的晚餐笑話。吉姆拉夫婦住在我們隔壁的公寓，所以當我和我媽想解悶的時候，只需要打開我們家浴室排水系統的蓋子，我們整晚就有餘興節目。

吉姆拉夫婦的對話通常是像這樣的：

吉姆拉太太：你可以告訴我，現在是晚上了你要去哪裡？

吉姆拉先生：關妳什麼事？

吉姆拉太太：哦，你覺得奇怪，但跟我有很大的關係。我是你太太，我不可以問你要去哪裡嗎？

吉姆拉先生：你不要煩我！

吉姆拉太太：你才不要煩我！老天！我只是問你要去哪裡。你只要好好告訴我就好啦！

吉姆拉先生：當然是去買香菸，要不然，這麼晚我還能去哪裡！

吉姆拉太太：又要去買香菸？據我所知，昨天你不是已經買了。你意思是說你抽完了嗎？想騙誰啊？想騙我嗎？

如此這般繼續，差不多就這樣進行。

吉姆拉先生完全抵抗不了我媽——尤其是自從我爸過世之後。我媽和我本來都有變胖的傾向，但是在爸爸過世之後，我們倆很不可思議地都變瘦了。到今天我媽都認爲，家裡有人過世乃是唯一有成效的減肥辦法。這聽起來像笑話，但是眞的管用：我媽在一年之後稍微從難過中恢復了，再去美容院並化點妝的她，看起來就像那些美國西部片上苗條漂亮的寡婦……吉姆拉先生馬上就煞到她了——而吉姆拉太太開始憎恨我媽。

這種事，妳們是知道的。

# 第11章

史珂洛芙絲卡小姐有沒有隆乳呢？—來自英格麗的傷心電話—與吉姆拉先生不期而遇—查理帶來了什麼東西？

1

我搭地鐵從美容院回到雜誌社。是星期五下午了，我擔心遇不到編輯部所有的同事們。可是我一打開我們小小的暗暗的辦公室的門時，還是看到了所有的人聚精會神敲打著電腦鍵盤，我很感動。

我高興地大喊：「大家好！」

全部的人，除了特莎左娃以外，都嚇了一跳，回頭看我，用食指壓住嘴唇叫我安靜。我這才發現，特沙左娃一手拿著聽筒一手在椅子邊晃動著，好像在奧運比賽划船似的。我馬上明白怎麼回事。她正在和哪個大明星講話吧。

因此，我只能和其他的人先眉目傳情一番。羅瑪娜和芙拉絲塔笑了笑，絲登卡則指著我的新髮型，翹起拇指稱讚，米瑞克從旁邊的小辦公室走過來，輕輕走路免得惹特莎左娃生氣，但他看到我的時候眼睛亮了起來。他穿了一件藍梅色的燈心絨褲，腰上繫著一條皮帶，上身橘色襯衫和開襟棕色毛衣。夏天結束了。

「您眞的幾分鐘也沒有嗎，史珂洛芙絲小姐？」特莎左娃吱吱喳喳地說。

她仔細聽了一會兒，失望地皺了皺大鼻子。

「那，可以麻煩您至少在電話上回答我一些小問題嗎？……天啊，太好了，您眞是個可人兒。我可以馬上開始問您嗎，小絲？……好，第一個問題：我們的讀者——您肯定知道我們的讀者大概是哪些人，對吧？——總之，我們的讀者最感興趣的是您有沒做過隆乳？……您不表示意見。好的……當然。那麼，問個完全不同的問題：您憂鬱嗎？……嗯，不會。老實說，這讓我們覺得有點遺憾……不是不是，對不起，我當然不是這麼想的。」

在特莎左娃說話的時候，我鑽到我的辦公桌前，掃視一遍堆得高高的來信。我淸淸楚楚知道這些信裡頭會有些什麼：不忠的丈夫、離異、酒鬼、換鎖、戶頭裡的錢被盜領、甩耳光或者拳打腳踢、被香菸灼傷；好一點的狀況是和毫無效用的區公所醫生之間的問題，或者是鄰居之間爲芝麻蒜皮小事起爭執，長年下來演變成古裝劇：爲什麼我要用剪刀刺入他的肚子？因爲他們的雜種狗又！又！又！又！又！又！又！又！又在我家門前的墊子上尿尿……

我現在沒有心情拆開這些可怕的東西。

特莎左娃口氣冷淡地說了聲再見，掛上了電話。我猜電話另一端的人早就掛電話了。

「眞是個賤人！」特莎左娃罵了一聲，然後就去找香菸。

現在，其他人終於可以站起來擁抱我了。我開始分送我帶回來的禮物：送羅瑪娜一幅有海灣和小船的小水彩畫（她愛海，但是自九年前離婚，這可憐的女生就一次也沒去過海邊）；送芙拉絲塔大大的巧克力禮盒；送給絲登卡一瓶 Proska 酒；一瓶薰衣草油給特沙左娃（我知道妳們在想什麼，親愛的女人們。我只是不想失去這份工作。只是這樣而已）。

送米瑞克一小瓶便宜的紅酒。

「這個……我……好意外。」他輕輕吐了氣，眼睛馬上變得溼溼的：「我……非常謝謝。」

我平常無法忍受他的無病呻吟，但這次我勉強自己飛快地親吻他一下。

搭電車從雜誌社往奶奶住處去的時候，我突然覺得我不但懂得了米瑞克，居然也理解了其他穿著很邋遢或者髮型很糟糕的男人，那些個因爲工作而疲憊的男人，那些開破舊二手汽車而太太變醜變老的男人……我前面的座位上坐著一位快累垮的男士，我居然覺得他很可憐；一看就知道他脖子累僵了，我有股衝動想要幫他按摩。

我這是怎麼回事？

沒事。

我戀愛了……

2

「怎麼樣啊，羅拉，」當我把買來的東西放在廚房的桌上時，奶奶對我眨眨眼說：「有沒有男朋友啊？」

在白色餐具櫃子的玻璃門交叉處都放著我爸的相片，最後一張是我爸三十歲的樣子。爸爸是奶奶向上天祈禱之後得來的獨子——她三十四歲才懷孕，出乎所有人的意料，打破所有悲觀的預測。

「有啊！奶奶，而且有兩個。」我開玩笑地說。

（我知道我在前面說過這個了。）

奶奶對袋子裡的禮物比對我男朋友的數量還感興趣，我也不能怪她。

「這是什麼？」她想知道。

「就是牛奶嘛，奶奶。」我很耐心地說。

奶奶不高興。她要的是那種八〇年代在賣的瓶裝牛奶，有著三條紅標的銀色蓋子，而我給她的是怪怪的不知名的蠟紙盒包裝的牛奶（奶奶遲早會把紙盒裝牛奶和盒裝清潔劑搞混）。

「你媽什麼時候回來?」奶奶很生氣地問。「她怎麼那麼蠢又跑去美國……」

對於奶奶來說，離開布拉格是件**愚蠢透頂**的事，而離開捷克則**簡直是瘋了**，我最好不要想像奶奶對於漂洋過海的看法……

「也許明天吧！」我安慰她：「她會給妳帶一些東西來的！」

我的手機響起！螢幕顯示是英格麗的來電。

我開口說：「嗨！舞會如何啊？」

話筒那端是一陣長長的沉默——然後，英格麗大哭。

「怎麼回事？」我很驚訝。

「男人都是混蛋——就是這樣。」英格麗叫著。

「這眞是一件新聞。」

「拜託妳，來我這裡一下！」英格麗請求我。

我看看手錶，還趕得上。

「好吧。」我嘆口氣：「半個小時之後我就到。」

「嗯，幫我在哪裡買條消炎藥膏！」英格麗啜泣著說。

消炎藥膏?天哪，這些人在想什麼啊，我是他們的護士嗎?

3

我在藥房遇到鄰居吉姆拉先生，他說他太太生病了，所以他來幫她取藥，滿滿半個塑膠袋裝的藥粉包。我發現，當吉姆拉先生轉身對著我時，那個藥劑師疑惑地打量著他。

「妳媽什麼時候從美國回來？」吉姆拉先生問我。

「明天下午，或者後天吧。」

「那好。妳知道我們很思慕她的……」

他的話聽起來簡直有猥褻的味道。我想像著這個肥胖的五十歲男人撲向我媽的樣子，覺得很噁心。

「要回家嗎，羅拉？要不要我等妳？」

「不用不用，我還要去買東西。」

這不是眞話，但我需要吉姆拉消失，因爲已經輪到我了。

「麻煩你，我要消炎藥膏，」我對男藥劑師說。然後，「再見！」我對吉姆拉意味深長地點了點頭。

「那就再見了。」

我等著，等到吉姆拉先生眞的離開。男藥劑師耐心地跟我一起等待。

「還要一個潤滑液，麻煩你。」我小聲地要求他。

## 4

半小時之後，我坐在從「**藝術生活**」店裡買來的紅色沙發。英格麗氣呼呼地在她二十五平方公尺大的優雅裝潢的公寓踱步，心不在焉看了看我的禮物：粉紅色的珊瑚手鐲。我把它套在她手腕上。下午五點半了，她還穿著睡衣。

「拜託，坐下來啦。」我這是第三次對她這麼說：「妳這樣讓別人很緊張。」

終於，她停下腳步。

「**我沒辦法坐下來！**」她啜泣：「妳不懂嗎？」

然後她訴說自己的事：昨晚，她在「**堅固的不確定**」餐廳裡認識了他，某個叫卡瑞的人。大約三十歲，據說單身，擁有自己的公司，**從事進口貿易**。

「進口什麼東西呢？」我打斷她的話：「手錶？海洛因？靴子？他到底進口什麼？」

「天啊，我不知道。」英格麗說：「我不記得細節……」

「你們喝了什麼？」

「葡萄酒。」英格麗說得有點委屈：「真的只喝了葡萄酒。」

晚餐時喝完一瓶白酒，然後第二瓶。英格麗很自在地親吻了卡瑞，硬說他完全沒有想和她上床的意思；整個晚上他都沒有提到茱莉亞・蘿柏茲。他們聊些什麼呢？英格麗攤開雙手：唉，能說的都說了：社會民主制度、米洛斯・福曼的電影、傢俱（據說卡瑞喜歡——和英格麗一樣

——木頭、玻璃和銅的組合）、房屋定價的放鬆管制、書籍閱讀……

「一個讀書的生意人？」我反唇相譏。

「是的，」英格麗說：「是眞的。他讀馬奎斯，讀納博可夫，讀沙若揚……他都讀。」

他們還談到了旅行。英格麗覺得，卡瑞好像什麼地方都去過，但他很聰明，不會表現得浮誇。在他的敍述裡，所有的異國地點只是他各種有趣故事的必要背景……妳們知道，比方說吧，妳們知道南美洲的肉舖長什麼樣子嗎？是這樣的：在住家有繡斑的鐵勾上掛著脫皮的羊，妳們用手指指了指，男人就拿起彎刀，趕一趕蒼蠅，切下妳們所指的部位。

他甚至說到了小孩。

「妳懂嗎——孩子！」英格麗大叫：「他說，沒有比孩子更神聖的奉獻了！」

卡瑞宣稱，他一定要有小孩。男人也會有生理時鐘滴答滴答響的。是啊，他知道，男人還有時間——但他可不想活到哪天一個笨笨的女老師在全班面前問他的小孩，爲什麼昨天的家長會是由爺爺來參加……

因此，著了魔的英格麗，晚上跟著卡瑞回到他家——去到那裡五分鐘之後，卡瑞就從她後面進去了。

只從後面進去。

連音樂都還沒放。

英格麗流了血，於是，他爲她叫了一部計程車。他連電話號碼都沒留給英格麗。

5

英格麗靠在我的肩上哭泣，她的眼淚浸濕了我的上衣。

突然，她抬頭看著我。

「嘿，我們倆都知道，我們女人也可以是很混蛋的……但是，」她不可置信地轉了轉頭：

「我們眞的都不是這種**豬頭**，對不對！」

# 第12章

男人都這樣嗎？──奧立佛要不要叫第二瓶酒？──愛的熱情可以被鞋櫃冷凍起來嗎？──如何親吻袋鼠娃娃？──一項丟臉的發現

## 1

我要和奧立佛共進晚餐了！

我們坐在位於伏耳他瓦河（莫爾道河）堤旁的客滿的**馬可波羅**餐廳裡；從上頭的窗戶可以看見明亮的索菲大殿。奧立佛說他喜歡這家餐廳是因爲它的**有品質**的木製地板和椅子。

我環顧四週。

「高品質的木製裝潢在哪裡啊？」我笑著問他。

他回我一笑，沒說話。我們兩人都有種奇怪的、快樂的緊張感。奧立佛沒有放棄那條皺皺的麻布褲，不過好歹上身是一件乾淨的襯衫和質感不錯的西裝外套。他還是那副曬過太陽後的紅通通樣子，很好看。

「我們一開始先來界定一下我們的對話內容。」我說：「我把話講明白，我禁止您談論到現在的社會民主政治、米洛斯·福曼的電影、現代傢俱、房屋的定價機制、南美洲、小孩子；特別是**小孩子**這個話題不能提到，清楚嗎？」

「好的。」奧立佛語帶不解。

我小小聲告訴他英格麗遇到的事（我用的當然是**肛交**這個專有名詞）。他點點頭，什麼也沒說。我覺得，也許是這件多餘的事把氣氛搞僵了。

「您們男人都是這樣的嗎？」我這蠢蛋，還要問。

奧立佛想了一下。

「我想恐怕是吧！」他很認真地說，而我對他瞪大眼睛：「差別只是我們自私的程度。」

幸好這時服務生端來了前菜。因著服務生的到來，燭光閃動了一下但沒有熄滅。這道**冷盤生肉**很好吃，但我眼前一直有那隻被剝了皮的死羊的樣子。

「好啦，儘可能享受食物吧。」奧立佛說。

2

我們因爲英格麗的關係而差點忘了喝開胃酒，這時我不再使用敬體人稱，而改叫奧立佛「你」。不能再拖下去了。我們互相敬酒，而且等我們過了一會兒習慣了「你」的發音之後，我們的對話就像上次那樣輕鬆自在了。又是那個我記憶中的在海邊跟我講話的奧立佛了：輕鬆、聰明、有趣。

我向前朝他坐近一點，不經意間在桌下碰到他的膝蓋。我的皮膚上感覺到他的體溫。燭光反射在他的眼中——我完全沒想到愛滋病或是葡萄球菌。

「我很高興你邀請我共進晚餐，」我向他保證：「和你聊天很愉快。」

他沒有回答。我拿起我的杯，尷尬地喝完最後的幾滴酒。瓶子也空了。

「那麼，要再叫一瓶葡萄酒嗎？」我裝作隨意地說：「**我們只活一次**，不是嗎？」

有時我會因爲緊張而胡言亂語。

「這是不容否認的，也是老掉牙的事實：我們只活一次。」奧立佛突然說：「但我覺得，用這件事實來叫第二瓶酒並不是十分具有說服力的理由。」

他的聲調跟先前不一樣。我驚訝地看著他。

「直說無妨，妳想和我一起稍微喝醉。這樣我會很高興再點一瓶。」他繼續說：「但是不要說謊，因爲我不想說謊。我不想裝作對布拉格的房價有熱烈的興趣，特別是當我感興趣的事實上是——我們倆都很淸楚——是妳。裝模作樣或許會有效果，但那**太累人**了。我快四十歲了，早就不玩這類遊戲了。」

「**遊戲**？」

「是的，遊戲。比方說，我不會逃避談論有關瑞奇的事，以此避免承認，今晚從一開始，我們桌子的上空就懸掛著潛在的不忠。」

我大吃一驚。

「是**你**邀我吃晚餐的！」我爲自己辯解。

「這沒錯。」奧立佛必須承認：「但至少現在我試著公平對待自己。我叫自己不可以**悄悄**把妳灌醉，叫自己不可以利用妳的一**時軟弱**，不可以偶然打動妳，不可以在適當時機**不自主地**向計程車招手，想著爲什麼計程車要停下來，然後在我家**想辦法**引妳到我的臥房……這些都是虛僞的東西！」

說到後面那幾句話的時候，他提高了聲音，但是他自己意識到了，所以稍稍停頓一下子之後，他放低了聲音。

「我**不會**耍花招，這是我的缺點。我雖然這麼說，可我當然也知道，當男人這麼明白地放棄了採用行之已久的誘惑伎倆的時候，這卻反而變成了更高段的手法了。可是我也沒辦法。簡單說吧：如果妳要，妳可以打動我的心，但是不要把我的心**偷走**……如果，妳覺得跟一個快四十歲的、愛生氣愛喝酒的傢伙談戀愛是一件值得的事，**那就做吧**，但是不要拐彎抹角。妳要清楚地知道自己在做什麼。不要把妳的責任推卸給妳喝的酒，推卸給桌上那支浪漫的蠟燭或是那個可憐的計程車司機……妳知不知道，如果我們招手叫計程車，它就會帶我們兩人去到我的床上。妳願意嗎？」

我願意——我也要這麼做。在餐廳，在所有人面前。我觸摸他的手指尖，然後握緊他的手背。我倚著他，把我汗溼的手掌貼在他的手臂，撫摸他的兒童手錶，再向上移高我的手掌，一直移動到他襯衫的領口。奧立佛把眼睛閉上了。有幾個餐廳的客人看著我們。我不能去他的地方——我想到，我絕不能沒有我的香水、牙刷、乾淨的內褲、卸妝用品、晚霜、睡衣和潤滑液。

「到**我的**床來。」我小聲地說。

## 3

計程車停在我家門口。

我相信我曾經對妳們——我親愛的女人們——說過，我媽一向不願住這種公寓房屋；我爸還活著的時候，我媽逼他至少要把臥室和廁所的石灰牆改建成磚牆。他死後，我媽先是用黃土色的瓷磚取代了玄關和廚房的醜醜的米色亞麻油地毯，然後，等她存了點錢，她就把所有的硬膠紙門換成木頭門。前年，她把所有房間的舊地毯都丟掉。在博馬傢俱量販店的折扣期間買了六十平方公尺的DIY地板木片，那是**美國櫻桃木**。她穿上一件低胸上衣去拜託吉姆拉先生，問他能不能幫我們鋪設地板木片……吉姆拉先生當然願意，而且免費（吉姆太太會發瘋），我媽最後也不再要求客人一定脫鞋子了。去年，我媽把改裝的努力擴張到我們的公寓之外：她把電梯通道四周的欄杆漆上油漆；我跟她一起把走廊的牆面貼上壁紙，把天花板上的破燈罩換掉，然後用膠水把鬆脫的塑膠條黏回階梯。

儘管如此，我們公寓的入口仍然不甚美觀。我和奧立佛從電梯走出來的時候（聞到尿味和霉味），眼前是吉姆拉家的巨大鞋櫃，佔據了大約三分之二的走廊；那是吉姆拉先生自己做的，而吉姆拉太太用一塊有罌粟花花樣的紅藍布料鋪上。

「每一次在愛情小說裡讀到**有些克制不了自己的熱情的人，在走廊上就開始脫衣服，**」我在開門時對奧立佛說：「我就會想起這個鞋櫃……」

這個笑話稍微讓氣氛放鬆了一點。

「不用脫鞋，進去吧。」我用手指指我的房間：「我的床在那裡……」

我試著繼續說笑，但是事實上我們倆都有些不知所措。我們很驚訝地發現，用一種**毫不掩飾的**方法來接近性這件事，並不是完全沒有問題的。至少，我還不能輕輕鬆鬆就說出口，眼睛眨也不眨一下就對奧立佛說：**去浴室洗洗你的龜頭，我在臥房等你……**

我們站在我很女孩子氣的房間的門檻外。突然我發現奧立佛好像在看什麼。我床上方的架子上放了很多的絨毛玩偶：小袋鼠、小狗、動物玩偶等等的……

「天啊，這是什麼？」奧立佛大爲震驚：「馬上拿出身分證讓我檢查一下！」

「這只是……護身符。」我很不好意思，迅速把玩偶拿走。然而，我覺得對它們過意不去，儘管奧立佛在場，我必須至少帶著歉意親吻一下**小袋鼠**。

「是我在作夢，還是妳眞的親吻了它？」奧立佛喊著。

「不是作夢。」我勇敢面對他的目光，但是我臉紅了：「他爲我帶來好運。」

「妳每晚親這個……**東西**？」奧立佛很感興趣。

我感到受辱，點了點頭。

「那麼，這就是**依賴**。」他臉色稍沈，提出一項理論。

他堅持要我去接受治療。他建議了一個類似**替代方案**的程序：試著開始親吻沒有形狀的絨布玩偶。

「沒有眼睛的，了解嗎？」他不妥協地說：「下一階段則是過渡期，從絨布玩偶到緞質床單之類的。」

我試著壓住他的嘴，但奧立佛一直把我的手抓下來。

「這當然是冒險的一步，但是只要妳能做到，妳就贏——」

我全身貼緊他，親吻他。

「你比較常親吻那隻有袋動物。」奧立佛有責怪的意思。

4

夜晚將盡的時候，我在半睡半醒間發覺奧立佛小心翼翼起了床，小心地從我汗溼的頸背間把他的手搶救出來。我張開眼，房間裡已透進了微光，窗戶外，天色開始發亮。

「我要去尿尿。」奧立佛抱歉地耳語：「這是和得了前列腺癌的人發生關係的衆多缺點之一。」

他很體貼地把頭別開，免得說話時的氣都呵到了我臉上。我笑笑，點了點頭，把雙手枕在腦下，像貓一樣伸懶腰。奧立佛揭開羽毛被子看我。我們曬黑的身體上有白色的條紋閃著。他坐起身，但還沒來得及下床就被我拉回床上。

「我要尿尿。」他哀嚎。

「十秒鐘就好。」我告訴他。

我們緊貼著對方，互相撫摸。他很熱，皮膚很香，摸起來很舒服。

「您的時間到了。」奧立佛說。

他站起來，走向浴室。我喜歡他的屁股。我聽著他尿尿，心裡浮出一股奇怪的得意感。我不覺得愧疚——像那種欺騙了自己男人的女孩會有的愧疚感。窗戶下方，鄰居們在發動車子。

有人在樓上淋浴。電梯停在我們這一層樓；砰地一聲，門關上了。這一切聲音都讓我覺得很可愛，特別有意義而親切。奧立佛打開水龍頭洗手，輕聲用漱口水漱口。我的笑意更濃了。我等不及他再回到床上來。鑰匙在鎖洞裡嘎嘎作響，走廊的燈光從門上玻璃處映進一塊方形的亮影。我穿上T恤，迅速爬下床。我聽到我媽把行李箱放在地上，嘆口氣——她八成注意到了一雙男鞋。奧立佛還在咕嚕咕嚕漱口。

「是瑞奇嗎？」是我媽的聲音。

聽起來很不高興。我聽著浴室的門打開，然後一片寂靜。

奧立佛和媽媽面對面站在玄關處，默默看著對方。他們都沒有注意我。我媽身穿深藍色套裝——那套常使她被誤認為空中小姐的衣服。奧立佛全身赤裸，只在腰際圍了一條毛巾。

「雅娜!?」奧立佛驚叫出聲，而且充滿疑惑。

「天啊，你在這裡做什麼？」我媽終於開口了。

過了一分鐘，我才了解。

奧立佛就是柏索。

# 第13章

人是會長大的——羅拉如何處理？——瑞奇買什麼禮物給羅拉的媽媽？——無預警的好友告白——萬寶路的性愛——大人們互相打電話

1

奧立佛馬上退回到浴室，把門鎖上。

我媽則在玄關坐在行李箱上。我向她走去，擁抱她，但這同時奧立佛透過門好像在喊叫著什麼。我不懂他——那聲音聽起來像呻吟。

「奧立佛，你說什麼？」我大叫。

我媽帶著譏諷的神色搖搖頭。

「你想要什麼，**柏索**？」她大叫。

我聽到奧立佛嘆了一口氣，然後用冷冰冰的標準發音請我去拿他**破舊的、完全過時的衣服**給他。

我媽氣得臉都紅了。

「滾出我的浴室，柏索！」我媽大吼：「立刻滾出我的生活！」

我認不出這是我媽。

「媽，人是會改變的！」我小小聲地說：「人是會長大的……」

「我管他的！」我媽氣死了。

「我馬上就去，你撐著點！」我對奧立佛喊著。

我伸手想拍拍我媽，安慰她，但是她躲開了。

「媽！」我驚訝地說：「妳怎麼了？」

她回過神，把我拉向她。但她還是說不出話。

「媽，」我安撫她說：「這的確是一個可怕的、真的令人難過的**巧合**——但這不是任何人的錯……」

她說她不想談這個，而且需要一些時間才能接受——如果她最後做得到的話。她很沉重地站起身，走到廚房，把門從她身後關上。

我敲了敲浴室的門。奧立佛開了門。他頹喪地坐在浴缸邊緣，腰上還圍著毛巾。我親吻他一下，但他還是眼神呆滯。

「Sorry，」我道歉說：「她先前說得很肯定，說她最早今天下午才到……」

他失神地把內褲穿上。我頑皮地幫他把他的陰莖擺正，但他還是毫無反應。

「你說說話嘛！」我不死心：「拜託啦！」

他看看我，好像在思考他該說什麼似的。

他需要時間解決這些事。

2

他大踏步離開，頭也不回。門在他身後關上。我媽睡覺了。我等了一個小時，等著奧立佛打電話給我，但是手機沉默。我實在沒辦法一個人面對，於是打電話給英格麗，說我馬上要去她家。

英格麗先是嚇了一跳，但是她現在看起來很想大笑的樣子。

「**我**怎麼辦？」我抱怨：「奧立佛顯然和我的母親**上過床**。但奇怪的是我媽或奧立佛都完全不管我會接受……」

英格麗笑著。

「這早就過期了。」她說：「這是乾掉的精液……」

我露出不高興的表情，這時手機響了。我撲向它，很可惜，是瑞奇。他是從工作空檔打來的：他想知道該準備什麼耶誕禮物給我媽媽？

「**耶誕禮物**，瑞奇？」我重複一遍他的話，驚奇地對著扮鬼臉的英格麗眨眼睛，可是，我第一次有自責的感覺。「現在才**九月初**……」

瑞奇解釋說，昨天店裡剛進Nokia 三二一〇的幾種新款機殼，而我媽用的正好是這一型的手機。他想或許我可以幫他挑一種機殼。當然他不會只送給她機殼，說不定另外再送個發光的天線或是替她安裝一個靜音裝置，或者兩個都送。

我覺得很難過。

「送機殼是個好主意，瑞奇。」我的脖子變得緊緊僵僵的：「我們再一起去選。」

瑞奇問，今天可不可以跟我見面。

「明天，瑞奇，好嗎？」我說：「我今天想陪媽媽。」

其實是想陪奧立佛，瑞奇。我想陪奧立佛。

瑞奇鬧了我一會兒，後來才同意。他明天會帶那些新款機殼給我看。

## 3

「他有時候眞的是好人！」我掛上電話後這樣對英格麗說。

今天換成是我緊張兮兮地在她的公寓走來走去。英格麗從沙發那邊像我昨天看她的方式那樣看著我：一半理解，一半諷刺。

「是因爲誰？瑞奇，還是奧立佛？」

「瑞奇……。我覺得**我這樣不好**。」

「爲什麼妳覺得妳不好？」英格麗問的問題實在有一點不用大腦。

「妳知道爲什麼，不是嗎？我欺騙了他，而他在想著送禮物給我媽……」

我瞄了一下手機：螢幕是暗的。

「別擔心，他們也騙我們的——而且騙很多次。」英格麗說：「相信我，他們太常欺騙我們了，所以我們一輩子都沒辦法跟他們把帳算清楚。」

她好激動，而話裡有那麼些的寓意，讓我覺得說不定她和瑞奇有過什麼。

「妳是不是知道什麼有關瑞奇的事，是我所不知道的？」我的問題好像是電影裡的對話。

「或許有吧。」英格麗說。

這讓我再度回復理智。我停下來。

「或許？」

英格麗聳一聳肩。

「瑞奇試探過我，」她說。她清清楚楚地加重每一個字。「更確切地說，是去年新年的時候，我在妳家過夜那晚。」

「在我家！」我大聲叫出來：「我在睡覺的時候，他……？那麼，你們有……？」

我實在不敢相信！

「是他又怎樣，」英格麗加重語氣說：「但是不要想太多：他告訴我他好喜歡電影《新娘不是我》裡的茱莉亞‧羅勃茲，然後他想親吻我。」

「親吻!?」

我們活在什麼世界？我們騙人——以及被騙。

「不只如此。最後他把他的手放到我褲子下……」

我必須坐下來消化這個。我驚愕的表情使得英格麗最後也覺得不好意思。

「當然我把他的手移開，」她爲她自己辯護：「所以什麼事也沒發生。」

瑞奇，你這混蛋！

英格麗向我靠近，拿起我的右手，把它放在她的內褲邊緣。我的手指可以感覺到她的毛髮。這不會讓我興奮，但也不會不舒服。

「但是我不會把妳的手移開……」她小聲地說，而且調皮地捲動舌尖：「我這麼說只是爲了讓妳卸除道德上的負擔，良心的苛責。」

我心存懷疑地看著她。她用平靜的笑容來對抗我的目光。只有兩種可能：她眞的沒有和瑞奇有過任何事；或者，她是和茱莉亞．羅勃茲一樣優秀的演員。

我的手機響！！！英格麗不想放我走。我終於掙脫她的手，拿起我的手機；沒有一個不知名的號碼像這個對我那麼意義重大。

「什麼都別說！你在哪裡？」我沒有一聲問候就對他說：「我現在就來找你！我必須見你！」

「妳可以以後再說的……」英格麗低聲說。

是奧立佛從家裡打電話來。他的聲音聽起來很累，空空的。他拒絕了我的午餐邀請；他早餐吃得晚，而且現在不餓。我建議那這樣我們就去 Dunkin' Donuts 吃甜甜圈和喝咖啡……還是不要吧，他說，他**今天**覺得他自己去這樣的餐廳顯得年紀太大了。

我後來終於了解了：我原本以爲他是因爲早上的尷尬場面而覺得難過，發現了我是他前任女友的直系親屬。並不是這樣。今天早上，奧立佛痛苦地意識到他的年齡：他看上的人居然是自己前任情人的**女兒**。早上的意外提醒了他一件不愉快的事：他已經老了。

奧立佛對於我所做的推論不置可否。

「而且還有一件事最令我不高興，」他補充說明：「我愛上了以前曾經看到我射精的目擊證人的女兒——」

「不必跟我講細節，」我急匆匆地說：「戴上你的假牙，我現在去你那邊。」

## 4

奧立佛位於奴賽區的公寓出人意料的舒適（我期待的是符合此區的波希米亞風格的雜亂，但是奧立佛的地方是過分講究地有次序），他床頭上方的牆上掛著一幅廣告海報——**萬寶路原野**。你們一定知道的：一望無際的原野，夕陽的光芒，野馬，一襲牛仔褲加格子襯衫的牛仔臉上的微笑和古銅色的臉——畫面下方寫著：

「This is the place where some men do what others only dream about.」

（**在這個地方，有些男人做著其他男人夢寐以求的事**。）

我把臉貼在奧立佛的胸口，他的氣息呼到了我髮上，並輕撫著我赤裸的背部。很美的感覺。

我的手機響了（憑響聲，我知道是瑞奇打來的），但是我把手機關掉。我可以這麼說，是奧立佛使得我**改道行駛**。

「是那個男孩嗎？」奧立佛說。

我點點頭。

「如果我說我同情他，」奧立佛提高聲音：「那會比我說我根本不在乎他來得更在道德上站不住腳——雖然從我的角度來說我這樣講是很**坦率的**。」

我搖頭表示不同意。我不想聽到這些——即使這是百分之百的事實。

「所以，在這情況下，不理不睬是比較道德的。」奧立佛說。

我舔著奧立佛的肌膚。我喜歡他的肌膚。

「我們講點我媽的事吧。」我說。

奧立佛說：「媽媽有羅拉，羅拉搗碎肉(註)，羅拉，妳比妳媽懂得多！」

「別這樣！」

我用掌心拍打了他的胸膛一下，然後我們接吻，吻了很久很久。

「我們可以像個大人一樣，」我建議：「打個電話給媽媽。」

「一個在床上放滿絨布玩偶護身符的大人嗎？」奧立佛說。

5

我們眞的在下午打了電話給我媽。

「嗨，」我小心翼翼地說：「希望我們沒有吵到妳？」

---

譯註：捷克的小學一年級新生在開始學習閱讀捷克文時，有一段課文是：媽媽有艾瑪，愛瑪搗碎肉——Mama ma Emu。Ema mele maso。

「我們?」我媽不解：「哦，是這樣啊……」

我媽的聲音馬上變得尖酸起來：不，不，我早就起床了。

奧立佛突然說：「把電話給我。」

他緊張——但是看起來也很鎮定。這讓我很佩服他。我把電話交給他，握住他的手，而他也緊緊握住我的手。

他對我媽說：「嗨，是我。」

我媽似乎沒說話。

「如果可以的話，什麼時候我們找個地方平靜地談談，好嗎?」奧立佛勇敢地說：「我們三個一起談談?明天，好不好?」

什麼也沒回答。

「拜託。」奧立佛懇求地說。

「柏索?」終於聽到我媽的聲音：「麻煩你行行好，把手機交還給我女兒。」

奧立佛聳了聳肩，把手機交給我。

「媽，請了解，」我開始說，「我**戀愛**了……」

「恭喜。」

我眼前簡直就看到了**她冷笑的樣子**。

「媽，我不是故意的，我眞的不會是故意對妳做這種事的！」我絕望地大叫。

「妳想要我怎麼樣!?」我媽大喊：「要我**祝福**妳和柏索!?」

「我只希望妳能夠試著理解！」

我聽到她嘆氣。

「媽？」

很長很深的嘆氣。我覺得裡頭有她所有的生命：全部的失落、死亡和分離。

「好吧，」我媽不情願地說：「你們說想跟我見面，那，在哪裡？」

我提議在國家大道的羅浮宮咖啡館——我知道我媽喜歡那裡。明天下午一點，可以嗎？

「好。」過了一會兒，我媽答應了：「但是請妳轉告**那個人**，請他行行好，別穿雙運動布鞋來……」

# 第14章

點馬丁尼時的糗事——奧立佛眞的有自己的想法嗎？——瑞奇的襪子

## 1

星期日，我和奧立佛從十二點三十分就已經在羅浮宮咖啡館等我媽來。我們倆都緊張，奧立佛等到最後，竟把裝有礦泉水的玻璃杯敲破了。

我媽在一點五分出現。她看起來很好。我揮手招呼她，她有自信地走過桌間的走道，幾位在場的男士看著她。奧立佛站起身。

「嗨，媽咪，」我很莊重地說：「讓我爲妳介紹我的男朋友，奧立佛。奧立佛，這位是我的母親。你們彼此認識一下。」

「我們好像有一點認識。」奧立佛這樣說，但他的口氣聽起來不太確定——這樣的他，我不認識。「嗨！雅娜！」

我媽很快地和他握了握手，但是我注意到她避開了他的目光。

「奧立佛？」她說：「奧立佛？好，我試著記住這個名字。」

她裝作沒看到奧立佛爲她挪開了椅子，卻坐到我身旁。我們都很驚訝，看著她。

「怎麼了!?」她扮了個鬼臉：「你們等著我說**很高興**認識你嗎？」

接下來的沉默長得讓人發悶。我拿起湯匙輕輕敲玻璃杯。

「請安靜，」我說：「我有話想對你們說。」

媽媽吸了一口氣。

「我想告訴你們，我愛你們。」我大聲而熱情地說：「**你們兩位**——懂嗎？」

這時很不巧，年輕的服務生帶著菜單前來，這使得我所做的宣言完全沒有達到我預期的效果。

「要點什麼開胃酒嗎？」他問，然後等著。

所有人陷入沉默。服務生疑惑地抬抬眉頭。

「要點什麼嗎？」奧立佛轉身問我和我媽。

「你們有鎮定劑嗎？」媽媽問服務生，對他眨眨眼：「或是什麼別的類似的藥？」

服務生看得出來臉紅了。

「媽，」我央求她。

她與我對看一眼。

「對不起，對不起，」媽媽說：「一杯馬丁尼。」

奧立佛說：「給我一樣的。」

服務生很感謝地點點頭。

「那麼，令千金呢？」他問奧立佛。

只有我笑出來。

「對不起，失陪一下。」我媽說完，拿起原本鋪在大腿上的餐巾，不慌不忙折好放在桌上，往化妝室走去。

奧立佛往我的肩頭靠。我摸了摸他的額頭和臉龐。

## 2

我媽回到座位，看起來稍微穩定了一些。她輕輕笑著，然後終於瞥了奧立佛一眼。

如果我不認識她，我會說她在化妝室嗑了藥。

服務生把我們所叫的開胃酒端來，我們隨便叫了幾樣選好的菜。在他轉身走開的同時，我舉起自己的玻璃杯。

「祝你們重逢！」

「祝身體健康比較好。」媽媽修正我。

「那就祝健康。」奧立佛說。

馬丁尼冰得剛剛好。

「OK，**奧立佛**。」媽媽點著頭說：「我們大概有二十年不見了。所以，我蠻想聽聽你的生活故事……」

媽媽的聲音裡沒有諷刺。我摸摸她的手腕。

「在這孩子面前？」奧立佛指著我，聽起來很不放心。

媽媽笑得露出了牙。

「都這麼大了。就說吧。」

奧立佛雙手一攤：這手勢表示，二十年的生活一言難盡。但，過了會兒，他點了點頭。

「好吧。有多久了？」他說。「我要用什麼樣的**藝術作品類型**來敘述呢？」

「用一齣**社會主義劇**來描述，如何？」媽媽馬上建議：「貧窮，三餐不濟，衣衫襤褸……故事裡的英雄耗盡了全部資源，最後穿運動鞋上劇院，腕上戴著兒童錶——你知道這些個**典型**的嘛……」

奧立佛從坐下來到現在第一次笑出來。我終於能用「他們」來想像事情了——而與此同時，我感到心中湧出妒意。

「當然可以用你建議的方向。」奧立佛承認：「但我個人比較想用**荒誕片**來描述。而我個人的狀況用**恐怖片**來說明也很適用。」

「說些什麼讓我們驚訝一下吧。」我媽說。

奧立佛開始敍述，他講得很具體很緊湊，有一些不是他的生活故事（他說這是爲了我，因爲他跟我說過他的故事，他不想讓我覺得無聊）：他從社會經濟系畢業，在查特史區服役，兩個沒有意義的工作，六年沒有孩子的婚姻，離婚，八九年後在市民論壇短暫工作一陣子，最近八年則在相當知名的廣告公司工作，擔任所謂的文案人員。這是一份在道德上受到質疑的工作，但是薪水不錯，有時後還蠻有趣的。說到這裡，他就沉默了。

我興趣盎然地問道：「你們爲什麼會分手？」

奧立佛看了我一眼。

「妳丟出了一個不可能回答的問題，」他回答：「她以前很幼稚，像是我在泡澡的時候，她會跑來把我所有的玩具船弄沉……」

我大笑。

「伍迪・艾倫。」媽媽也提供資訊給我：「也許妳會發現，大部分所謂的柏索點子都是從別處取材或借用的……」

奧立佛僵住了。

媽媽趕緊道歉。

就這樣一再重複，一直到結束。我們在一點半時分手。我和我媽回家，奧立佛說他想散步一段路。

## 3

接下來的午後時光，我問起我媽她在美國的事——我知道，這個週末光是奧立佛這個話題就夠她受了。她向我敍述她待在美國芝加哥史帝夫那裡的事，然後我們談到史帝夫向她求婚時的嚴肅和滑稽結果。我們又再度像兩個好友般的講話。

結果，到了傍晚，瑞奇在樓下按門鈴時，我一下子竟想不起那會是誰。我知道，親愛的女人們，這是很明顯的我對他的不忠，可是，我**真的**忘記他了。

我丟給我媽一個有歉意的眼神，然後去幫他開門。

「嗨，雅娜！」瑞奇改口用英文大喊：「How are you? How was your trip to Chicago?」（「妳好嗎？妳去芝加哥這趟旅行還好嗎？」）

他的口音讓我覺得他比以前更可憐。他一進門就要脫鞋，即使我們大概講了一百次叫他不用脫鞋。

「I'm fine.」（「我很好。」）媽媽苦笑著說，我注意到她在注視著瑞奇引人注目的那雙襪子。

「Nice socks.」（「襪子好看喔。」）她說，然後我們一起笑了。瑞奇猶豫了一下，走向媽媽，在她臉上親吻了一下。至於親吻我的部位當然是嘴唇。等我媽轉身，他用手摸了摸我胸部。這時，我放在冰箱上的手機響了。在我還沒看到手機螢幕顯示之前，我就猜準了是奧立佛打來的。

不要問我爲什麼會知道的，我沒法解釋——但我就是**知道**。絕對，確定。

「打擾了嗎？」奧立佛問。

我緊張地笑了笑。

奧立佛馬上懂：「他在那裡嗎？是瑞奇？」

「是的……眞不巧……是的。」

我聽到奧立佛在嚥口水。媽媽擔心地望著我。瑞奇背對著我，假裝對玉米穀片的包裝盒上寫的比賽規則有興趣的樣子，但他裝得不夠好。他故意走到餐桌和流理台之間最窄的地方，這樣我拿著電話走過去的時候就不可能讓他聽不見。

「這……妳知道的，我不想態度強硬……但是……」奧立佛說得結結巴巴的。

「我**懂**你意思，」我說：「你**不必解釋**。」

「天啊，我只是**嫉妒**！」奧立佛突然好像很絕望地大叫：「我肚子很痛。這實在很好笑……我裡頭很難受——妳知道嗎？眞荒謬！」

「但這……沒有**必要**，懂嗎？」我難過地說：「不必要。你懂我意思嗎？」

瑞奇轉過身來，直楞楞注視著我。

「天啊，」奧立佛說：「他……會在妳們家**過夜**？」

我盡可能把話筒貼緊耳朵，眼睛看著瑞奇的襪子。

「我不知道。但是，這……眞的**不重要**，因爲我已經……唉，我晚一點再打電話給你，好嗎？」我說。

「可是這很重要。好吧，就像妳說的，晚點再說？」奧立佛聽來很苦惱：「因爲我……想說這實在是……很可怕的狀況。老天爺！」

我爲他難受。我想安撫他，親吻他。

「我待會兒**立刻**打電話給你，」我如釋重負：「過十分鐘，ＯＫ？那你**不要胡思亂想**喔！」

「ＯＫ。」奧立佛的口氣有點遲疑。

我掛上電話。

媽媽**從容**地說：「誰要喝咖啡？」

「嗯，我要，」瑞奇點頭：「是英格麗嗎？」他懷疑地問我。

「She is crazy!」（「她瘋了。」）他爲我媽補充說明：「我是說英格麗……」

然後馬上轉身看我。

我想起英格麗講的有關去年除夕的事。

「不是。」我說：「不是英格麗。」

瑞奇等待著，但是什麼都不再說。一場災難向我們接近了，但是我不想做任何事去預防它的到來。

瑞奇望了一下我媽，好像希望她爲他解釋這是什麼意思似的——但我媽只是冷冷對他眨了眨眼。

「那，是誰打的電話？」他搖著頭。

誰打電話來？老天爺，是誰打電話給我？我深深吸了一口氣——突然，一切的苦悶都不見了。

我非常冷靜。

「是奧立佛。」我說。

媽媽很吃驚。瑞奇張大了嘴巴。

「奧立佛!?」他脫口而出。「那個……我們度假時候的那個？」

他的聲音裡還沒有嫉妒，太過乾淨。瑞奇自己還沒辦法在腦子裡整理好。

「他爲什麼要打電話給妳？」他老實地問：「他很老了……還是說，妳……？」

他聲音裡有著不確定。他想在我眼裡找到證據說明這不是事實。但是，他沒有找到。

「他不老，瑞奇。」我又憂傷又高興地說：「我愛他。」

他的眼神像是受到了驚嚇，近乎孩子氣。他的世界正要開始崩潰。這怎麼可能！他的提包裡還有那些個要送給我媽的 Nokia 三三一〇機殼！他想把機殼當耶誕禮物送我媽——他是這麼說的！那是我們一起挑選的！水滾了，水壺在嗶嗶叫。媽媽把水倒在準備好的杯子裡，把水杯放在盤子上，鄭重地把瑞奇帶到客廳。瑞奇想辦法找話說——但他只能張著嘴。我當然對他覺得抱歉，但是與此同時，我覺得整個場景好滑稽。

「可是，怎麼可能！」瑞奇終於喊了出來。

我聳了聳肩。

我只能給他最直接的回答。

「但是我……我一直……。」

「不是你的錯，瑞奇。」我像電影對話那樣小聲地說。

「但是我已經爲我們**買**了兩年的購屋儲蓄基金！」瑞奇一股委屈爆發出來，大哭出聲：

「向**狐狸**㊟買的！」

---

譯註：捷克最大的房屋儲蓄銀行叫做「狐狸」。

# 第15章

## 有狐狸同行的泰國之旅——心靈脆弱的史蒂芬妮公主在擔心什麼？

### ——Connecting people——擦窗户未必是件苦差事

1

事情是這樣的。瑞奇從一年前就暗中購買購屋儲蓄基金，每個月從戶頭扣除三千克朗，爲我們倆各付一千五百克朗。這很令人吃驚。以這種速度，只要再過四年，他就可以存到**目標金額**並獲得若干額度的貸款，到時候他會更讓我印象深刻。我知道，他必須多麼努力才能克制自己不向我透露這件事。回想起來，這就可以解釋爲什麼我在對布拉格房價生氣的時候，他笑得那麼神秘。

爲什麼要對我那麼好？（我現在只要想起瑞奇神秘的微笑，就覺得自己罪過。）

分手後的第一天，瑞奇似乎表現得很勇敢：沒有哭哭啼啼，沒有哀求糾纏，沒有打電話。我二十四小時和奧立佛在一起，對我來說，瑞奇的心情如何絕對不是世上最重要的事——但說是這麼說，隨著時間過去，我看著手機螢幕都沒有任何顯示時，我發現我自己不高興地說：他怎麼都不打電話？他怎麼都不來發誓，哀求糾纏？怎麼會？

他沒有受到什麼折磨，這使得我簡直有種被冒犯的感覺。

到第四天，瑞奇寄了一封短訊給我：

我要飛去泰國三個星期。需要遺忘。祝一切都好。

這句「需要遺忘」就我的品味來說是很怪異的，不過我倒是佩服其他部份的簡潔口氣和某種**男人味**。

「所以是和狐狸去泰國囉……」奧立佛如此評論：「如果經濟部長知道了他不是投資在房市，而是曼谷的妓女，不知道會怎樣？用四千五百塊克朗的國家發的利息㊟，你可以買春兩次至三次……」

我覺得他這樣說是對瑞奇的不體貼與譏諷。

---

譯註：捷克人如果一年購買一萬八千克朗的購屋儲蓄基金，政府每年最多可發放四千五百元的利息。

「你怎麼知道？」我兇巴巴地反駁。奧立佛只是笑。

「以這個原則基礎，您可以建立……」電視上的廣告詞響起，取代了回答——我們倆大笑。

## 2

「我和瑞奇確定分手了。」星期三早晨，我向雜誌社裡其他的**淑女**們宣布這件事。當然這成爲當天頭條。羅瑪娜開始擤鼻涕，絲登卡和弗拉絲塔非常非常驚訝，米瑞克暫時感到高興（至少在他知道接下來的細節之後）。特莎左娃拉長了臉說：好心一點，別再瞎扯。她的眼神顯示，今天是下一期雜誌的截稿日。

我回到電腦前，看到準備好了的文稿：心靈脆弱的史蒂芬妮公主在擔心什麼？——從克拉拓夫來的歐嘉：與肥胖的戰鬥永不停止！——我身無分文，但是還清了債務，麥努卡說——付贍養費等同於犯罪——爲什麼新娘的媽媽南施在B Pitt的婚禮中消失？——小彼得咳得像小狗在叫，嚇死父母——我十六歲的女兒戀愛了，卻不肯與我談論有關性的事——如何保持年輕？——未來的國王賺多少錢？——星期天食譜：蘑菇豌豆沙拉——女病人長期苦於卵巢腫瘤——查理王子的女友卡蜜拉精神崩潰——布雷金若娃換髮型比換男友還快——獨家新聞：Kassandry的海報。這一次我的兩則生活小故事是：「她不做酒保，反而去當妓女！」以及「我勾引了我老公的情人！」我直接寫，沒有多加準備，中午就寫好了。

「那位占星師同志把新的占星運勢寫好了嗎？」我問絲登卡。（同志一詞同時影射了該占星師的生活傾向。）絲登卡害怕地轉頭向特莎左娃，然後很快地隨便點了點頭。

「在這裡。」弗拉絲塔說。

她的眼光很不尋常，並且意味深長，然後她交給我一整頁的文章。我把文章拿到桌旁，讀我自己下星期的占星運勢：

命運看來已經對你展開一段長期的攻擊。它的唯一目標是擊垮你。你不要絕望，不要徬徨，你將可以像過去一樣馴服你的命運。耐心以待，時候一到就發起敏捷的反擊。

「嗯，」我失望地把紙交還給弗拉絲塔。「謝了。」

過沒一會兒我去上洗手間的時候，絲登卡在走廊上跑在我後面。

「這個白痴又拖稿了，」她對我耳語：「所以我和弗拉絲塔只好自己寫……」

我們竊竊取笑我們的讀者。

3

隔天早上，我站在奧立佛的廚房流理台前爲我們煎鬆餅當早餐，我什麼都沒穿，只罩上奧立佛的棉T恤（上面有幾點我最喜歡的薄荷牙膏的漬斑）。奧立佛站在我身後，雙手環抱我，撫摸我的胸部。手機響起嗶聲，表示有一封新的簡訊。

這裡有很多妓女，但妳絕對是裡面最厲害的一個。Fuck you, bitch!

我吃驚地盯著螢幕——然後把它拿給奧立佛看。

「Nokia。」他說：「Connecting people....」（「Nokia 連結你與人群……」）

我的下巴抖個不停——不自主地哇哇大哭起來。熱油滋滋作響，奧立佛把平底鍋從瓦斯爐上移開，拉我到桌子旁，坐在他的大腿上。我感覺到他陰莖的壓力。

「我想，他這樣寫也好。」他慢慢兒地說，但沒有停下撫摸我的動作：「對我們倆都好。他終於脫去**偽君子的面具**，這樣很好。我很高興他是這麼粗俗的人。這肯定會把妳從悔恨與憐憫的心情中解放出來——把我從你很可能會出現的對我的憎恨與畏懼之中解放出來……」

我拿起黃色餐巾紙擤鼻涕。把揉皺的紙丟到垃圾桶返回桌子旁之後，我輕輕把自己的身體抬起來——然後我感覺到奧立佛開始進入我裡面。

「現在我只**擔心**這個，」奧立佛啞著嗓子說：「我恐怕是在**戀愛**了……」

這是我第一次聽到他說愛這個字。

「討厭！你不要提早擔心嘛。」我說，但是我覺得幸福。

「啊！我恐怕已經是了，」奧立佛裝作被嚇到的樣子：「這裡全都是徵兆。」

4

我一向討厭擦窗戶。

週末，我一邊擦奶奶家的窗戶，一邊哼著歌。我大著膽子站在窗台上，奶奶好緊張。我只穿短褲和背心。天氣好極了，太陽曬著我的肩膀，照亮對面的白色灰牆。天空藍得很美麗，公園裡的葉子已經變黃了。我向下方人行道上的小夥子們揮手，我很高興他們喜歡我的屁股。清潔劑的味道很香，玻璃都變亮了。

我想，擦窗戶是一件很美好的工作。

可惜奶奶家裡只有這幾扇窗。

「羅拉，妳是不是已經有男朋友了？」奶奶取笑我。我們正在喝沖淡了的咖啡。

「是的，奶奶！他叫奧立佛！」

「那好！」奶奶說：「人不應該孤單單過日子的。」

5

我不記得生活中的快樂可以來得如此理所當然。當然也許孩提時候是如此——但那以後我就必須學著獲得新的快樂。至少自從我爸死後，我總是必須用回憶裡的這個或那個片段來對照，以確定我眼前所經歷的時刻是愉快的、美好的甚至獨特的。如果沒有得到，我就會開口咒罵。

所以我得試著用最快的速度對生活產生屬於我自己的感覺。

如果我自己做不到，就得由別人來**提醒**我生活的美麗：羅拉，妳看那些美好的成熟的帶斑點的杏桃！—天啊，羅拉，妳看到那湛藍的海洋嗎？—眞是一個很棒的夜晚，是吧，羅拉？

遇到我心情好的時候，我可以很快就跟著承認：是的是的，這些杏桃眞的很漂亮……想想那眞的是一個很棒的夜晚……如果我心情不對，我就會機械化地點點頭，但是在心裡說：帶有汙點的杏桃給我滾！

或許我的生活的樂趣要晚一點才會出現——在**回憶**的時候出現。我的生活在回憶裡顯得特別美好：上星期我去看了備受矚目的劇場表演；前年我有一趟很棒的美國之旅；而今年秋天在南部山區有一趟很美好的健行。在**過去的時光**裡……可惡。「當下」和「過去」對我來說是兩件截然不同的事。人在美國的那當下，是頗有壓力的經驗；劇場表演進行的當下，事實上我感覺到受不了的熱（坐在我身後那個人是大白痴），而在山裡的時候我不但被蚊子害慘，然後我的小三角褲隨著我的步伐移動都夾到屁眼裡了。

諸如此類的。

面對**未來**，情況並沒有比較好。例如我會想像哪天把公寓清掃乾淨，買點乾酪和義大利紅酒，煮點海鮮**義大利麵**，邀請瑞奇所有的朋友前來。我會展現出並不做作的可愛樣子和風趣言語，身上穿著**家居**牛仔褲，而在襯衫底下不穿胸罩，瑞奇的朋友就會很羨慕他……可是，一旦這個夢想**成爲了事實**，馬上就什麼都搞砸了：我每一分鐘跑一趟廚房，杯子洗不完，還要擦掉地板上的番茄醬，而且對於所有人在客廳只盯著我胸部看、煙灰一直掉在地毯上等等的事情覺得很火大……

或者我也會想像，哪天午飯過後從雜誌社編輯部溜出去，像一個美麗而年輕的女權主義者那樣消磨一個愉快的下午：買本《Elle》或者《柯夢波丹》之類的雜誌，坐在某間舒適的咖啡館裡，點一杯卡布其諾，雙腿交疊，讀幾頁雜誌，然後透過商店的窗戶看著匆忙的人群……當**想像成眞**時，我最喜歡的咖啡廳完全客滿，於是花了四十五分鐘找其他家店，好不容易找到了一家（遜色許多），結果他們沒有卡布奇諾，因爲機器上面熱牛奶的管口剛剛塞住了；我改叫一杯大杯的濃縮咖啡，但是討厭的服務生端錯了，給我小杯的；花了五分鐘喝完，然後不知雙手該擺哪裡好。路人經過商店窗戶，瞪著我看，臉上有慍色。我試著專心閱讀，但是讀不進去。於是我寧願付錢回家，或是最後乾脆回去工作……

6

有了奧立佛，這些都改變了。

和奧立佛在一起的第一個星期，每一刻在「當下」都比在回憶裡來得好。

和奧立佛的明天，每每勝過今天的回憶。

下班後我們在他的公寓碰面。

我在放洗澡水——如果他比較早回家，他會寄簡訊給我。

只剩三百公尺就到家——我在路上回應他。

我們一起泡澡，然後做愛；有時順序會顛倒一下。晚上，我們看書或者是去外面吃飯。我們時常上劇院或電影院，每當廳裡一關燈，我就把眼鏡遞給奧立佛，他則用面紙幫我擦拭鏡片——這已經是我們的儀式。他幫我戴上眼鏡，故意用撩撥的眼神盯著我的側面看很久（他很清楚知道這會令我緊張），我會把頭靠在他肩膀上，把手放在他兩膝之間，他會握住我的手。

早上我們一起刷牙，一起吃早餐；週末，一起去美術館和博物館參觀；我們走在外國觀光客群後面，小聲說話，手牽著手（我以前一直這麼想像著）。或者去索菲島旁租條小船，兩個小時繞著河中的島泛舟。收集栗子。下個星期六要開著奧立佛的老國產車斯古達去動物園的花園，星期日則要去市郊探險。

「你看，那些美好金黃色的西洋梨！」在超市買東西時，我叫他注意看：「你聞到香味嗎？」

奧立佛買了兩公斤的梨。

我們是屬於彼此的。我愛他。

7

我媽根本沒辦法陪著我一起看我對柏索的愛。所以，十月初她又飛往美國去找史帝夫了。

我在走廊上分報紙的時候遇到吉姆拉先生（關於準備婚禮的事最好什麼都沒說），他的反應充滿了妒意。

「又去了？」他搖頭：「她不是去過了嗎……」

他手拖著買來的東西，看起來很累。我必須坐在鞋櫃上脫鞋子。我注意到，他有一雙十分漂亮的眼睛——有這麼漂亮的眼睛做什麼用呢，假如它們是從一百公斤的肥肉之中對妳眨眼的話。

「你太太好嗎？」我強迫自己問出社交性的問題。

「哎呀，」吉姆先生揮著手，「一直在生病……我有些擔心。」

我差一點爲他感到難過。

8

婚禮將在十二月十日舉行。我媽寫著。

「你的初戀將要在十二月結婚。」我告訴奧立佛。

我們都小心翼翼地笑了。

## 二〇〇〇年二月二十日，於布拉格

最親愛的羅拉：

我的愛，請不要在意信上所標示的日期（這封信的日期和前兩封一樣），我是早早就在月初把要給妳的信都寫好了，雖然每次在信的抬頭總是寫著發表的日期都是二十號。我老把廣告公司的截稿日期往後延一、兩天（那裡的秘書常常因此嘲笑我），因爲這樣我就可以多抱一、兩天希望，等著妳會突然和我連絡——但一直到現在我的期待總是落空。妳的沈默以對實在太具破壞力，因爲它帶來各種折磨人的解釋空間。妳怎麼可能還沒有發現這幾封公開的情書？它們每個月懸掛了幾百份在地鐵車廂裡呀。或許妳發現了，但妳覺得最好的回應方式就是輕蔑的沉默？但是，妳在蔑視什麼——如果我的解釋是正確的——蔑視我的絕望嗎？還是我對妳的愛？

什麼都幫不上忙。我唯一能做的就是繼續完成這個蠻花錢的廣告活動，儘管我沒辦法確定，採用這個方法所得的**效果**會比採用一般的方法好。幾乎所有的人都在談論它，所以它應該算是一次成功的廣告活動——然而，作爲具備決定性作用的**目標群**的妳，至今不發一語。我還會「寄給」妳幾封信，然後我們再看結果：是我莽撞的廣告能獲得效果，直達妳的心坎，我把我的**產品**（＝我的愛）**賣**出去呢，還是我會失敗，我的**公司**（＝我）破了產。在資本主義的自由市場競爭環境下生活就是這樣。

說到這裡，我想到一件相關的對比。在我們一起去看的一部美國電影裡（片名我忘了，但我還記得我們看完以後去了酒吧喝一杯，在酒吧巧遇赫柏和英格麗……妳記得嗎？），有個場景是一位忙碌無比的著名好萊塢製片人，他給了一個年輕新進導演最後一次機會——他們倆並肩走路，他給年輕導演一分鐘的時間來推銷他的劇本……對比之下，我的情形好一點，爲了說服妳，我每個月有至少六十行字的機會（他只有一個白天和一個夜晚……）。

如果妳還沒看過前面那兩封公開情書，那麼我可以告訴妳，我在信上試著壓抑記憶的感傷：星期天早上在我家，妳在做鬆餅，妳知道的嘛；在克羅埃西亞、加納利群島和別處的度假。這一次，我要使用一項重量級軍火——詩。（是的，我開始讀詩了，誰會想到我會這樣做？）不久前，我和奧騰的詩集《情書》相遇，那本詩集可以解釋爲什麼我會做這些事：

日出　最純淨的光線，
忽然來了一個瞬間：
我的照片消失在遠方　你看不見，
模糊在妳的眼簾。
我的心　不能飛

只能踮著腳尖去
有一個晚上它會走向妳
妳將認出那是我的足跡

然後妳說　好可惜
最美麗的黑暗在黃昏
妳突然覺得變老變遲暮

妳開始哭泣，當我的目光
送妳一個字後就離去
於是妳覺得愛情一直在那裡

我們兩人都知道，廣告是瀰漫著香水氣味的屍骸，或者諸如此類的意思，但是相信我，我寫的這些眞的很不一樣。這些是觸動了我心中痛處的詩句，它們讓我最近一次又一次「發現」了我自己。這不是廣告標語，不是那種我平常時候會用一貫的冷嘲熱諷提出懷疑的句子。我不是在向妳推銷東西，卻是掏出整顆心給妳。我愛妳。我懇求妳，回到我身邊。

奧立佛

# 第16章

## 羅拉不肯結識赫伯嗎？—透過上衣隱約可見的乳暈—令人印象深刻的知識分子清談記—如何抵抗秋日沮喪症？

1

「我眞希望什麼時候**眞的能夠**介紹赫伯給妳認識。」奧立佛在一個十月的晚上對我提議，那是在我媽飛去找史帝夫以後的幾天。我們倆坐在我家客廳，剛剛打開第二瓶智利紅酒。

他話裡頭的「**眞的能夠**」含有遺憾的成分：彷彿他想強調，我到現在對於認識赫伯這個人都沒有表現出充分的興趣，或者強調我沒有直率表示想認識他的好朋友。

「好啊。」我盡可能做出很高興的樣子：「那你就爲我介紹吧……」

我都這樣表示了，奧立佛還是嫌不夠。

「很多人傾向於低估赫伯，」他語帶警告：「他們高估了所謂的第一印象，而第一印象往往不盡正確……」

他的表情讓我覺得，我做什麼都可以，就是不可以低估赫伯。

「只要多認識赫伯一些，通常就會發現他的特殊個性其實沒有那麼誇張。」奧立佛繼續說：「他博覽群書，人非常聰明——而且，風趣得不得了。」

奧立佛的聲音裡有一種想吵架的味道，我在那時候還不懂爲什麼。

「所以，大概是默劇大師馬歇馬叟加上達賴喇嘛囉？」我笑著說。

奧立佛還是一臉嚴肅。過了一會兒，他說，雖然不知道爲什麼，但是隨著年紀增長，越來越覺得他的女伴就算不能**喜歡**他的朋友，至少也要**接受**他們。

他的表情很憂鬱。

我握緊他的手。

「奧立佛？」我說：「聽我說：我**眞的**很期待認識你的朋友。你挑起了我的好奇。我想盡早認識赫伯。我會想盡辦法去喜歡他。」

這下他滿意了。

「好，」他說：「星期五赫伯辦了一個小型聚會，只邀些親近的朋友……星期五怎麼樣？」

我本來想馬上說好的——忽然冒出一個念頭。

「我可以帶**我自己**最要好的女生朋友一起去嗎?」

看得出來奧立佛大爲驚訝,但他只能點頭。

## 2

星期五從一開始就很糟糕。

奧立佛到了晚上七點半才下班回來,神色微慍。他告訴我說,聚會七點就開始了——於是我加快速度準備。我連衣服都還沒換上呢。我很快地選了黑色的矮跟鞋和一套灰色褲裝,配上尖領黑襯衫;我站在玄關的鏡子前(手裡握著要送給赫伯太太的三朵紅菊花),十分滿意,但是奧立佛指出我的穿著帶有**不合宜的歡樂氣氛**。他自己換衣服倒是沒有困難:他穿的是膝蓋處撐垮了些的綠色斜紋棉布褲,和一件在肩膀處綻了線的鬆垮黑色毛衣。

「那我應該換衣服嗎?」我迎和他的意思。

「這樣就好,」奧立佛說:「沒時間了。」

我們叫了一輛計程車去接英格麗。英格麗家的對講機狀況糟透了,聲音時斷時續都聽不清楚。已經八點十五分了。

「我還需要五分鐘。」英格麗要求。

奧立佛嘆了一口氣。計程車司機從車子前座的置物處拿出八卦小報來看。我繞著房屋的入口處來回跑。英格麗過了十五分鐘後出來了。她在夾克裡面穿了件絲質襯衫，透過襯衫可以看見她小小的像茶碟一般大的乳暈。

「妳不會是認眞的吧，英格麗。」我叫道。

我把英格麗送回樓上。

「天啊，妳們還要去哪？」奧立佛責怪我們。

「她忘記穿內褲和胸罩。」我笑著解釋——但是他連嘴唇動都沒動。

3

赫伯親自來爲我們開門。

「嗨，」他尖酸地說：「我們已經不敢奢望你們會來了。」

奧立佛笑了，所以我也笑了。英格麗笑得最大聲。

一個十公尺長的書櫃幾乎佔滿了客廳，七個三、四十歲上下的人呆望著我們，他們大多坐在地板上，所有人的穿著都和奧立佛差不多，而且互相交換消遣的目光。

「脫鞋子。」赫伯下令。然後他說：「就是爲了你們，害我們必須中斷波羅定的**伊格爾王子**歌劇，當然是林姆思基・柯沙可夫的版本。這人是誰？」

他毫無預警地轉身對著英格麗。英格麗模仿被抓的現行犯女學生低下眼睛。赫伯轉身向我。

「是誰？」他又問了一遍。

「是那個作〈大黃蜂的飛行〉曲子的人，」我記起來了：「那個……」

赫伯揮揮手示意我停止。

「是那個沒錯，但他的**主要成就**是完成了伊格爾王子。和誰一起呢？和誰？當然是和**葛拉祖諾夫**一起的嘛。」

他講話的時候，我們正在脫鞋。我突然發現我自己很小。我褲子的褶邊碰到地板。沒有人爲我們介紹任何人——而且好像沒有人在意這個。我們就這樣站在玄關，赫伯沒有請我們進屋坐下。赫伯換了話題，天知道爲什麼他要說起波羅定在拿破崙佔領莫斯科之後發起的戰役。現場所有人，包括奧立佛在內，帶著敬意聆聽他演講。英格麗的表情也很專注。我脫下她的外套，把它和我的外套一起掛在快要爆滿的衣帽架。

赫伯終於停下，困惑地看著我一直握在手中的花束。（我不知道在現場三個女人裡誰才是赫伯的太太）。

「那是什麼？」他說。

「菊花。」我交給他：「花。」

赫伯一臉嫌惡表情，抓起花束，亮給其他人看。

「把它放在花瓶裡，」我笑著說：「有顏色那部份應該朝上。」

奧立佛看我的眼神有責怪的意思。赫伯把花束擱在衣帽架子上。這個人從一開始就讓我緊張兮兮的。

「我希望，你們都喜歡波羅定，哦？」他帶著懷疑的笑容說道：「否則現在就可以滾了……」

「我們愛他。」英格麗回答。

「我們床頭上方**掛了**他的海報。」我開玩笑。但是沒有人笑。我深吸一口氣，環看四周。

「順帶一提——如果有人有興趣的話——我叫羅拉，這位是我的好朋友，英格麗。」

沒人說話。在房間最遠處角落的第三個人在凝視著我們，耳語些什麼。

「羅拉？」赫伯大吃一驚：「羅拉！這簡直接近**艾曼紐拉**這個名字……」

所有人都笑了。奧立佛也笑。

「或**莎賓娜**……」某人說。

一陣哄笑。這有什麼好笑的？我在心裡對自己說。

「或**凡妮莎**……」奧立佛說。

又一陣笑聲。你安靜，**柏索**！我心裡想。

「我樂於接受對我名字的批評，」我沒有投降，勇敢地直直看著邀請我們前來的主人：「但是批評的人絕對不能是一個叫**赫伯**這種名字的人……」

赫伯完全沒有聽我說話——或者假裝沒聽我說話。

「天啊，**羅拉**！」他抱著頭假裝呻吟：「我家來了一個**英格麗**和一個**羅拉**……我家有了眞人版本的通俗羅曼史啦！」

所有的人又都笑了。包括英格麗和奧立佛。我開始從腳底發冷。

「你認爲，隨著時間流逝，你的朋友會邀請我們進屋裡坐嗎？」我轉身面對奧立佛：「你認爲，儘管我們的名字好像是羅曼史的人物名字，他還是會給我們一些東西喝？你認爲，有人會把那可憐的花放到花瓶裡去嗎？並且你認爲，我可不可能有拖鞋穿？」

我說到最後，聲音已經提高了。尷尬的安靜。

奧立佛用表情在責備我。

「你對**淑女**有些太緊張，**羅拉**？」赫伯嘲笑地說：「放輕鬆，羅拉！要不要拿點甘藍芽當作沙拉，讓妳抵抗秋日沮喪症……」

我一定在哪聽過這個口號。

「或者是把房間塗上明亮的顏色……」在角落的某個男的建議。

我現在才意識到，他手裡握著最新一期的《淑女》。

我突然領悟：我和英格麗等於是這群人的吉姆拉夫婦。

4

一直這樣繼續。赫伯大部分的時間不讓任何人發言。等他終於覺得取笑我們雜誌取笑夠了，就轉而譴責廣告世界的空洞和毫無創意（這時奧立佛在笑），然後他播放了**波羅威舞曲**給我們聽，並隨音樂做出指揮動作，之後談到**布拉格的德國戲劇節**，由此提及湯馬士・貝恩哈德，說他是唯一**在世的**德國作家；其他還活著的德國作家據說早就死掉了，我實在不懂這話什麼意思……奧立佛不久前讀了大約四十頁的貝恩哈德小說《**落木**》（然後那本書——我可認識他了——被丟在一邊），他點頭表示同意。英格麗還是很崇拜地看著他。至於我，已經有很長的時間沒有東西可以喝了。窗戶開著，我覺得冷，也覺得餓。我面前的桌上只有某種乾掉的奶油，但沒有其他可以把奶油抹上去的東西。

我爲了奧立佛，在這個知識份子的地獄裡撐了兩個多小時。快到午夜的時候我小小聲對他說我想回家，我並且主動提議，如果他想，他當然可以再待一會兒。

「發生什麼事了？」奧立佛不明白：「妳怎麼了？」

這是他第一次對我覺得失望。

「奧立佛？」我小聲地說：「你知道我怎麼了的嘛……」

奧立佛閃避我的目光。從他紅紅的眼睛來看，我知道他喝了一點。

「妳要什麼嗎？」他指著我的空杯子問：「我幫你倒葡萄酒。」

「我不需要紅酒！」我激動地拒絕。

「那你要什麼，羅拉？」赫伯笑著說。

他倒是想聽人家說話的時候就聽。

「讓我安靜，不要管閒事。」我插話。

我才不要忍受這個男人！奧立佛捏了捏我手，警告我。

「眞的。」赫伯假笑：「我眞的很想知道一位**淑女**會需要什麼？」

「需要被**尊重**——這只是其一。」我冷冷回答：「我個人比較不在乎智慧上的瑕疵，但重視的是基本的人際禮貌——希望你知道這是什麼。你就是缺乏這個。」

「我沒聽錯吧？」赫伯轉身對其他人興奮地說：「羅拉在口頭上攻擊我……可是，**爲什麼要這樣**，羅拉？爲什麼我們兩個不同的世界，羅拉，我們兩個不同的**文化**無法和平相處？」

我站起身來，往玄關走去，開始穿鞋子。我的血液直衝腦袋——因此我無法彎腰。

「你想知道爲什麼？」我暴跳如雷地喊著：「因爲，像**我這樣文化**的人也許不能分析貝恩哈德的作品，但是**有能力**注意到他的客人已經有兩個小時沒有東西可喝，沒有東西可吃，頂著開著的窗戶……**這就是爲什麼**！」

我砰地一聲把門關上。

5

我跑到夜間的街上揮手招計程車。我全身在沸騰。幾分鐘後，我看到奧立佛從房子走出來，什麼話也沒說地跟上我。

「你大概在生我的氣，是吧？」我強迫自己盡可能說得和緩些。

他沈默。一輛空計程車駛來。我往馬路上站，朝車子揮手。司機煞車停住。我注意到奧立佛是搖搖晃晃上計程車的，但我沒有責怪的意思。計程車司機狐疑地打量著我們。

我問奧立佛：「我們去哪？」

他陰沈沈地聳一聳肩膀，我說了我在柏赫尼茲的住址。

「請了解，」過了一會兒，我小聲說：「整個晚上那裡沒有一個人**問我話**。沒有一個人有興趣知道我是誰。所有的人都用一個前提斷定：我在《淑女》雜誌社工作，所以我是笨蛋……」

計程車司機從後照鏡看了我一眼。

「我眞的受不了了。我厭倦了所有人都有他們**受不了**的人……爲什麼所有的人都非要**藐視**某些人不可！」我爆發了。

奧立佛睡著了，大聲打著呼嚕。整個人陷在座位裡，頭往下滑動，看起來不太迷人。

「有時也要想想別人。」我對我自己說：「這樣就夠了。」

剩餘的車程，我不再說話。車到了我們家門前，我把奧立佛叫醒。他迅速下了車。我付了車錢，並且在引擎噪音和收據機的嗡嗡聲中聽到奧立佛在不遠處嘔吐。計程車司機也注意到了。

「差一點點。」他厭惡地說：「否則本來會很貴的。」

# 第17章

奧立佛是酒鬼嗎？——暫時保持禮貌的赫伯——不太可靠的土產香精油

## 1

我開始觀察奧立佛喝酒的頻率。

他白天裡喝不喝酒我不知道，但他每天下班回來都還算清醒（但我也知道，假如他喝個兩、三杯酒我其實看不太出來）。如果晚上我們待在家裡，他一定會喝一瓶，如果我也喝，他少不了要開第二瓶酒。如果是上餐館，爲了省錢，我們只會開一瓶酒，但他一定喝得比我多，而且餐前和餐後他一定還會各點一杯菲爾內特烈酒。

我實在不懂……

有一天晚上，我**半開玩笑**提議，要他陪我一起做新一期的《柯夢波丹》雜誌上的心理測驗：

你是酒鬼嗎？奧立佛搖搖頭說那樣很浪費時間！他說，他可以馬上告訴我答案。

我故做輕鬆說：「那好啊！那你說答案會是什麼？」

他拿起鉛筆，勾起了測驗結果中嚴重程度排名第二的那一欄，口氣平靜地說：「就是這個！」

我們倆都不作聲，猜測著對方在想什麼。

「但我還是希望你做這個測驗嘛。」我很堅持。

「為什麼呢？」他不解地說：「妳想發現什麼新東西嗎？」

「你就為了我做它嘛。」

奧立佛無可奈何地聳聳肩，答應了。不過他說，前提是我們必須再開第二瓶酒——這其實就說明了某些事實。

我微微猶豫，答應說：「好吧！」

我本來擔心他不會老實作答，但很快的我發現我的擔心好像太多餘了。

請問您喝酒的頻率：

A，一個月少於四次

B，一個月多於四次

C，幾乎每兩天一次

D，每天

「是D！」奧立佛歡呼了一聲，用筆在第四個框框做記號，並拿起酒杯喝了一口酒。

等他做完所有的題目，我急著看測驗的結果：他每星期的平均飲酒需求是五公升的葡萄酒加十二個單位的烈酒。

「多少的量算是一**個單位**的烈酒？」我問道。

「就是一小口的意思。」奧立佛說：「親愛的，放輕鬆點！」

測驗的結果和他自己預料的差不多：根據您得到的點數，您是屬於輕度至中度的酒鬼！因此他應該改變現在的生活方式，也不妨嘗試進行心理治療。

「好啦，我不是說過了嗎？」奧立佛笑得一副很得意的樣子。然後，他要我和一起他爲他的精確預測乾一杯……

我也就照做了。

2

我發現，我們的夜晚總是在城裡渡過，最近好不容易有一次是預定了飯店。於是我試著要求一塊去看電影或看戲。但是，不管去哪裡，在活動之後奧立佛都會要求去喝一杯——而我總是答應他。

難道說，我也開始喜歡喝酒了……

在我媽即將從美國回來的前一晚，我和奧立佛去看電影。看完電影，我們決定去一間酒吧坐坐。在那裡，很出乎意料地，我們碰見了英格麗和赫伯！英格麗坐在赫伯的大腿上，她那雙短腿在空中晃個不停，一直到她看見了我們。

奧立佛雀躍地說：「嗨！赫伯。嗨！英格麗。」

英格麗不知所措：「嗨！哈囉，你們在這做什麼啊!?」

我很拘謹地打聲招呼：「你們好啊！」

赫伯可是個已婚人士！

「嗨！羅拉，很高興在這見到妳！**妳看起來好極了**，眞的！」赫伯還記得我不久前所發表的待客基本禮儀：「妳好不好啊？啊！對不起！我忘了爲妳介紹——但是，我想妳認識英格麗的！是吧!?」

「是啊，幫我挪椅子吧。」我忍不住笑意。

赫伯站起身，幫我把椅子挪開，並說：「羅拉，別這樣……來！坐。妳想喝些什麼呢？紅酒？還是白酒？這裡的白酒不錯哦……等一下，妳吃過晚飯了嗎？天啊！**妳餓不餓？**」

我對他伸出中指。不過，一個晚上來，我必須承認：我上次與他大吵，的確有助於增進我和他的關係。我和他你一句我一句地談天說地，他有時甚至會閉嘴認眞聽我說話。

奧立佛像一塊蜂蜜蛋糕那麼高興，一直用手輕輕撫摸我的背。

我碰了碰他的肩膀，心中有股想和他上床的慾望。

3

回到家後，我把浴缸放滿熱水，在水裡滴了幾滴促進愛情的香精油，然後在周圍點上蠟燭。（奧立佛那裡只能淋浴，所以有時我們會跑回我家裡泡澡！）我把收音機搬進浴室，打開音樂。然後我們互相幫對方脫去衣服，直到一絲不掛，雙雙滑進浴缸，我們面對面貼著對方——水很熱，我們屏住呼吸，慢慢滑進浴缸，身體互相磨搓。終於坐進了浴缸。泡沫發出輕輕的吱吱沙沙聲，鏡子蒙上一層水氣。蠟燭的小火苗映在浴室的牆壁抖動。

收音機傳來喬．庫克的歌聲：「You are so beautiful....」

我撫摸著奧立佛濕潤的胸膛，舔著他胸部細毛上的白色泡沫。我心裡滿滿的慾望，恨不得馬上成爲他的一部分。突然，奧立佛的右手不知在水裡做什麼，他的臉也痛苦地扭曲著。

我很緊張：「你怎麼了!?」

「沒事！」他說：「我只是在剝我腳上的雞眼……」

他甚至抬起腳讓我看他腳上的雞眼！

我轉過頭不看！**捷克男人**啊，眞是的，我心想。我媽是對的。

奧立佛試著辯解他的行爲。但是我很火，於是就爬上了床，背對著他，馬上就睡著了。

# 第18章

## 奧立佛嘴唇上的泡沫——是無稽之談嗎?——掌握國家形象的人員素質——奧立佛的反美論

1

早上,我和奧立佛差不多同時醒來。奧立佛轉過身,開始輕輕撫摸我……很舒服……我繼續裝睡。最後我終於忍不住了,把身體貼近他,他親吻我的肩頭,然後慢慢把我身體挪開,從床上滑下去到浴室刷牙。他跑去刷牙,因爲他想和我做愛。我躺在床上想像他光著身子在鏡子前刷牙的樣子:勃起的陽具,剛睡醒的眼皮還腫脹著,還有那沾著薄荷綠色泡沫的嘴唇……

我很想笑,但是我更想要他……

我對著浴室喊:「快一點!親愛的,我現在想要……」

2

晚上我還很恨奧立佛，到了早上我卻變得很愛他……

幾年前的我完全無法了解情侶之間忽冷忽熱的劇烈情緒波動，甚至覺得那樣是**不正常**的——但是現在我懂了，這種起伏情緒是免不了的，只能期待情緒的波動幅度會隨著時間而變小，一直到某一刻，愛和恨的感覺便會交織在一起。

**滾開！你這個混蛋！**

**等等，別走！請你留在我身邊！**

3

等到我們開車前往機場準備接我媽的時候，又像是一對熱戀中的愛侶了。

奧立佛先是花了很長的時間發動車子，再加上布拉格市區塞車，又花了很長的時間找停車位。所以，我們最後是跑進機場大廳的——但一到大廳才發現飛機誤點，晚了整整五十分鐘，所以我們還得等一會兒。機場一向是個令我緊張的地方（所以我從來不會單獨一個人搭飛機）。再加上今天我身穿破牛仔褲和運動鞋，這與周圍穿戴整齊的旅客顯得十分格格不入。奧立佛好像看出了我的不自在，於是一直緊握著我的手。我們在機場的花店選了三朵玫瑰花，然後就到「Meeting Point」咖啡廳喝咖啡。奧立佛發現我的手在發抖。

「怎麼回事？」

他把椅子拉近我，然後很擔心地抱抱我。

「不知道！」我很老實地回答：「我也不知道爲什麼，只是有些害怕吧！」

我試著對奧立佛解釋我的感覺——最後也等於是爲我自己找到了理由。會不會是因爲，我在單親家庭長大，又是獨生女的關係？在這世上我只有媽媽和奶奶，其他都沒有——我是說沒有其他親人。現在我和奶奶越來越無法溝通，而我媽現在人在半空中，塞在一個由四個可能會出問題的引擎帶動著、必須抵抗自由落體作用的大鐵盒裡……

我憂心忡忡地向奧立佛解釋：「**我媽現在在空中**！你懂嗎？」

我的擔心一半是開玩笑，有一半卻是認真的！

「妳這是情緒勒索！」奧立佛嘴裡這麼說，但他的手一直摟著我的肩膀：「這只是妳的小把戲，你是想藉此強迫我娶妳——這樣妳在世間的親人就可以變成三個！」

這我倒是沒想過。

「所以這招不管用，是嗎？」我反問他。

奧立佛倒是很興奮地回答說：「下一次可能會有用吧！」

4

我們站在入境大廳的自動門前，在人群中尋找我媽的影子。自動門開了又關，關了又開。突然，我看到她了：她以筆直而優雅的姿態，與一位推著推車的舉止優雅的亞洲女士並肩走著。那件皮大衣在我媽身上顯得很好看。我瘋了似的對她揮手。我媽笑了，對奧立佛和我看了一眼，再慢條斯理地用英文向那位亞洲女士道別，然後才轉身，終於往我們的方向走過來。

「你們這對小情人，近來可好？」我媽帶著捉狹的口氣問道。

我馬上擁住她，無法抑遏地哭了起來……

「怎麼了？」我媽帶著笑意問說：「他打妳？」

「沒有啦！事實恰好相反。」我抽抽噎噎，破涕為笑：「妳想像得到嗎？我們去了幾次**劇院耶**……我從來沒想到我跟他的愛情會這麼美好……但是我們證明了這是真的！」

我媽溫柔地拍了拍我的臉頰，然後拿出面紙為我擦眼淚。

「媽，你看起來好好看！一點也不像長途飛行以後的疲累樣子。妳是怎麼辦到的!?」

「我在飛機上足足睡了六個小時。現在的我像一朵清晨的玫瑰！」

這個形容的確很貼切。

「嗯，」奧立佛輕咳了一下，說：「歡迎回家！**媽媽**！」

我媽的眼神閃動了一下，不過她接過了奧立佛手中的花，還讓奧立佛親了她的臉頰。

「柏索，你好！」我媽一邊說，一邊用眼角打量我們的穿著：「你們是剛剛露營回來嗎？還是去打掃森林了呢？」

5

今天的天氣不太好，溼氣很重，冷嗖嗖的。

一走出機場大廳，我媽便說：「天啊！這裡的天氣眞糟！」

奧立佛馬上接著說：「是啊！美國一定比這裡好多了！」

奧立佛拖著我媽的有輪行李箱走在後面，我則替我媽拿著她的隨身行李。兩輛計程車停在我們的面前。

其中一位較年輕的計程車司機問我媽說：「要搭計程車嗎？」他穿著一套普通的運動服，外披一件皮夾克，腳上則是白色襪子和海灘拖鞋。

在我媽做出評論之前，奧立佛連忙說：「不了！我們不需要，謝謝！」

我們走在計程車陣裡，往停車場的方向走去。

「喂，來舔我吧。」這句話說得很小聲，但很清楚，並且以笑聲加以強調。我們都聽到了。

奧立佛馬上回頭看，可是那兩個計程車司機一溜煙就鑽回機場大廳了。我媽顯得很無奈。

「我跟你們說，」我媽提到一件插曲：「有個海關人員居然把手指伸進鼻孔，挖了起來，然後用**同樣那根手指**碰了我的護照。」

「簡直荒唐。」奧立佛如此評論。

「有比這個更荒唐的事嗎?他制服上有國家的符號耶!」我媽頻頻搖頭:「這些人到底有沒有教養啊?

我們走到了停車場裡的最後一排停車位。

「好啦!算了吧，媽。」我息事寧人地回答，然後試著轉換話題:「那，婚禮會在什麼時候舉行?決定時間了嗎?」

但我媽又被別的吸引住了。

她停住腳步,在一排車裡面一眼就看到那輛老舊的斯古達,非常有把握地對我和奧立佛說:「我猜，這台破車就是你的車?」我原本是很喜歡奧立佛的車子的，但這會兒我忽然也和我媽有同感:它左邊的擋泥板已經掉色了，車身多處生鏽，輪胎髒兮兮……跟停車場其他高級轎車相比，的確看起來像一堆破銅爛鐵。

我媽笑了起來:「我說對了吧?」

奧立佛點頭說:「答對了!」

「我老早以前就知道你只會開這種車!」我媽很得意地說——那種得意讓我感到很不愉快。

「斯古達一〇五不只是一輛車，」奧立佛一邊說，一邊把車門打開:「斯古達一〇五代表一種**生活風格**。」

奧立佛的口氣帶著玩笑的味道，不過我看得出來，他不太能忍受我媽的尖酸刻薄。我們上了車，車裡很冷，還有一股潮潮霉霉的怪味。（奧立佛每次都說他什麼都沒聞到。）奧立佛轉動鑰匙，引擎開始吼叫。

「我完全沒聽到引擎的聲音。」我媽齜牙咧嘴地說。

我很高興，她願意爲了我而這麼說。車子開出了停車場。

「大家都覺得，時差是最恐怖的問題，」我媽若有所思：「但我認爲最可怕的是**文化**差異的問題。」

奧立佛大約是受夠了，他轉身向我媽說：「小雅娜，妳知道嗎，妳的美國之行只差沒把妳嚇到尿床。」

我媽倒抽一口氣——不過什麼都沒說。在接下來的路上，我們始終保持沉默。等奧立佛把車停在加油站並走出車外加油時，我到後座，把臉貼在她頸項間。

我媽說：「你的鼻子眞冷，比平常還冷！」

「嗯。」

「妳的月事正常嗎？」

「正常啊，今天一大早！」

我媽說：「我也是！」

我們倆相視而笑。

「你覺得史帝夫怎麼樣？什麼時候辦婚禮？」我問：「告訴我嘛……」

我媽盯著奧立佛，看他加油的樣子，然後付錢的樣子。

「**不會有什麼婚禮的**！」

我嚇了一跳。

「不辦結婚典禮？」

「史帝夫是個白癡。他**投了布希**一票。他是個喜歡動武的傢伙。」

「等等！媽，你的意思是說，妳因爲史帝夫投票給了布希，就拒絕了這樣一個又有錢又成功又英俊而且又有禮貌的人？」

「任何一個贊成死刑的人，我都不嫁！」我媽補充：「何況，他說要在**教堂**辦儀式。」

奧立佛走回來了。

「我現在不想談這個。」我媽飛快說出這句話。

# 第19章

## 兩隻老虎兩隻老虎跑得快——和死人說話——在柏赫尼茲的感恩節

1

然後到了十一月萬靈節的那個禮拜。

我媽打從心底痛恨這個節日，所以從來不過這個節。幾年前，我曾試過勸我媽和我一起去我爸的墳上掃墓，我媽說：「我的祖父母、父母和丈夫都死了。所以我不需要日曆上再特別**提醒**我這件事！因爲我幾乎一整年都在**紀念**這個節日，只不過是用我自己的方式。」

對此，我沒有辦法做任何的反駁。

奶奶則是年年一定記得掃墓。想當然爾，每年採買蠟燭（天知道蠟燭爲什麼一定得買紫色的)、必備的牡丹花束和小花圈的責任就落在我肩上啦。而且也是我在這一天陪奶奶到墓園去。以前我們都是搭計程車去墓園的，今年有奧立佛開車。

奶奶疑惑地問我：「這個人是誰?」

她挺直腰桿坐在後座，膝上放著蠟燭和花，用彎曲的食指指著奧立佛。

「奶奶，這是我的同志奧立佛!」

沒有任何回應。

過了一會兒，奶奶帶著不太滿意的口吻說道：「有點冷。妳不覺得冷嗎?」

事實上，車子裡開了暖氣。奧立佛把暖氣開到最強，然後給了奶奶抱一個親切的微笑。

奶奶沒有禮尚往來，卻似乎有些氣惱……

她問道：「為什麼我們不搭計程車?」

「因為奧立佛很好，願意開車送我們到墓園!」

奶奶冷笑了一下，不作反應，開始哼起兒歌：「兩隻老虎，兩隻老虎，跑得快，跑得快……」

我看了看奧立佛，然後伸手摸摸他大腿。奶奶唱歌的聲音突然停止，我嚇得趕緊把手收回去……

奶奶把身體向前傾，然後眨眨眼，問我：「羅拉，妳好不好啊?」

我知道她接下來準備要說什麼了……

「妳有沒有男朋友啊?」

「有的，奶奶！」我小心翼翼地回答：「他的名字叫做奧立佛。」

奶奶笑得很不懷好意。

「嗚啦啦，」她說：「這個名字怎麼那麼蠢……」

## 2

墓園裡的人潮擁擠得像是在朝聖。連奧立佛也覺得吃驚。我試著對他開玩笑說：「今天這裡在舉行**最淫蕩的寡婦鰥夫**選拔。」來到墓園的我，在他面前顯得很不自在，才會講出這種刻薄的話。我們陪奶奶花了約二十分鐘才穿過人群來到爸爸的墳前。一到，奶奶立即從袋中取出掃墓工具，開始清理墓前的大理石碑。我擔心她會哭——幸好她只是埋怨了墓園裡的管理不善。奧立佛站在一旁，有些不知所措。而我，需要處理我自己心中的尷尬。

「嗨！爸，你過得如何？」我對著墓碑上的鍍銀字體說話。

爸爸沒有回答。

我一直很不適應……

「那個人是奧立佛，」我結結巴巴地繼續對爸爸說話：「本名叫柏索。你認識他，媽媽以前應該對你提過。」

# 3

我媽故意破壞萬靈節氣氛——這幾年來，她以慶祝**感恩節**來取代萬靈節。

親愛的女人們！我知道妳們想問什麼。沒錯！就是那個美**國**節日，感恩節。

也許妳們還記得，我曾經有一段時間是和傑夫在一起的……

傑夫那時候打算在十二月中旬飛回美國探望雙親，要我和他一同去美國。我說我和我媽是不過耶誕節的，婉拒了他的邀請。傑夫很失望，但是馬上提出另一個建議，說那就一起過感恩節吧。我一開始覺得這個建議實在荒謬，但是，誰知道，我媽居然興高采烈說好呀。

在感恩節當天，我媽一早就把公寓裡裡外外打掃得乾乾淨淨，然後仔仔細細梳洗化妝一番，穿上她最正式的禮服。我看到他這些舉止，覺得有點難爲情。午飯過後不久，傑夫出現了。他穿著很合宜的深藍色西裝和擦得晶亮的半統靴（也因此，我媽原諒了他提著一個裝了火雞和三瓶加州白酒的**塑膠袋**穿過整個市區來到家裡）。傑夫把外套一脫，捲起袖子，鬆一鬆領帶，繫上圍裙，便開始張羅食物。我必須承認，這時候的他看起來特別性感（至少我媽看起來對他很有好感）。他在火雞肚裡塡滿餡料，在外皮刷上醬汁，放進烤箱，不時爲火雞翻身。在烤火雞的時候，他一邊準備著用來沾雞肉的越橘醬汁，一邊搗馬鈴薯泥，加上烤洋蔥調味。我媽整晚臉上散發出好比油畫人物一般的金黃光芒，並且信誓旦旦表示明年也要如法泡製一番！

在傑夫之後跟我在一起的瑞奇，很願意滿足我媽這個願望。

4

在瑞奇之後，就由可憐的奧立佛接下這個爲了入籍我家而必須持起的火把了！

我很小心地向他解釋我家每年十一月最後一個星期四的慶祝活動，奧立佛大吃一驚：「什麼？感恩節？我沒有聽錯吧？」

我細聲細氣地回答：「沒有……你沒有聽錯……」

「用一個美國節日來代替一個**傳統的基督宗教**節日？」他眞的嚇壞了：「那乾脆也慶祝以色列人的出埃及紀念日算了？」

我試著向他解釋一切的原由。

「幸好妳還沒有交過**中國**男朋友……」他冷笑：「否則我不是也得和妳們一起慶祝中國的春節？」

我沉默了一會兒，接著很嚴肅地說：「這是我們家的**耶誕節**替**代品**……你懂嗎？」

「我當然懂……」奧立佛壓抑住不滿，兩手按摩著太陽穴說：「不！我無法理解……對不起！我眞的沒有辦法理解！抱歉。」

「如果你能來和我們一同慶祝，我會很高興。記得要穿上深色西裝。」

「妳在開玩笑嗎？西裝？不可能！」

「拜託！」

「我說過了，不可能！」

「就當作是爲了我嘛。請你諒解⋯這算是來自**我媽的邀請**⋯⋯我認爲，這是她的一種表態，應該要加以尊重，因爲我們的意見相同⋯⋯」

（在幾天前吃早餐的時候，我媽突然說，假如我願意，可以邀請奧立佛來過感恩節。）

奧立佛還在搖頭。

「奧立佛，拜託啦！」

「看在老天的份上，好吧！」最後，他終於大叫：「這大概是我上輩子欠妳們家的吧！」

「謝謝你的諒解！記得七點準時到！」

「ＯＫ。七點！」奧立佛故意用英文再重複一次：「Seven 屁眼？」

5

奧立佛準時到達，他沒有繫領帶，倒是穿了西裝和半統靴。他從提包裡拿出三瓶白酒和一本書，《美國歷史》。這書是他特地向赫伯借來的。他輕輕吻了我一下，我媽則是禮貌性地親了親他的臉頰。然後，他把書打開，翻到夾有書籤的那一頁。

「西元一六〇七年，約一百名英國的宗教激進分子，或稱爲分離主義者，在當時亨利一世以及英國國教的追捕下逃亡至荷蘭。」沒有一點開場白，他就開始像歷史老師一樣給我們上課：

「然後，在西元一六二〇年左右，他們渡過大西洋抵達美國新大陸。在那裡，他們忍饑挨餓而且忍受病痛之苦，辛辛苦苦建立起家園……」

我媽突然說：「把那瓶紅酒放進冰箱。」

「一六二一年春，這些新大陸的移民在印地安人史闊東的指導下開始栽種玉米，」奧立佛越講越激動：「同年秋天，爲了慶祝歡喜豐收，大夥兒盛大慶祝，此即今日所稱的**感恩節**。」

他的目光從書本中抬起，一副志得意滿的勝利姿態。

我媽說：「眞是生動。」

然後就打開烤箱，看看火雞烤得如何。

「我只是想讓大家明白：今天這一切的佈置和慶祝是多麼愚蠢！」奧立佛指著經過裝飾的餐桌大叫。

我說過，某些時候的奧立佛令我非常緊張。例如現在。我很擔心我媽的反應。但是她居然只是微微一笑。

「奧立佛，去把手洗一洗！來幫我搗馬鈴薯泥！」我媽非常平靜。

奧立佛很聽話，走進浴室洗手。

某些時候的奧立佛也非常惹人愛憐。

# 第20章

## 羅拉打進上流社會——雷射光和鵪鶉蛋——一樁見不得人的事

### 1

「眞受不了你。」時爲十二月初，我裝著一副責備的口氣對奧立佛說。我弓身側躺著，故意用光溜溜的屁股去頂他的鼠蹊部。

「三個月來，我每隔一天陪你睡一次覺——你卻從來沒帶我去任何一個像什麼雅詩蘭黛香水新品發表會之類的派對，介紹我認識什麼明星名流之類的人物……」

我瞅了奧立佛一眼，只見他傻笑著。

「我開始在想，跟你在一起到底值不值得。」我低下頭說：「你不會成爲我進入上流社會的跳板的！」

「隨便妳怎麼說。耶誕節就快到了——我會帶你去參加所有的大型的通宵狂歡派對，到時你不要跪下來求我讓你待在家裡。」

「那，爲了暖身，先去一個嘛，一個就好。」我毫不掩飾我熱切的期待之情：「你有什麼想法嗎？」

奥立佛慢慢領悟到我是認眞的。他露出不太高興的表情。

他咬著牙說：「我最討厭這種虛僞的派對！如果不是必要，我自己從來不參加。我完全不懂爲什麼有些人會蠢到自願去參加那些屬於社會殘渣的聚會呢？」

「我只是想在我這一生中至少有過一次經驗……」

「好吧！你會有機會的！」奥立佛把毛巾一丟——

他把我翻過身來，慢慢撫摸著我的胸部。我的乳頭馬上有反應。

「那你準備用什麼來回報我？」他問。

2

他帶我去參加一個由一家跨國企業所舉辦的招待會。招待會在一個大型的俱樂部舉行。這間俱樂部我從來沒進去過，奥立佛帶著我擠過了聚集在入口處的人群，把邀請函遞給了一身黑色西裝打領帶、不苟言笑的小平頭警衛，警衛一聲不吭，馬上開門讓我們進去。

俱樂部共有兩層樓，震耳的音樂和喧囂的人聲還好沒把我給淹沒。裡面的光線昏暗，有些角落甚至是近乎全暗的，天花板處亮著雷射光束。空氣中瀰漫著煙味和名牌香水味（有些香水品牌我聞得出來：**倩碧**的 Happy、Kenzo、**紀梵希**的 Oblique）。突然間，我發現一位在衣帽間與我擦肩而過的女孩，她露出了整片背部——但我好像是在場唯一一個對此覺得大驚小怪的人……奧立佛與別人親切打招呼，我還沒來得及向那位男士致意，他就不見了。我緊緊抓住奧立佛的手，他把我帶往全場的核心地帶。奧立佛臉上的表情有種疏離的、近乎高高在上的味道，但我覺得他自己也不是很舒服。好幾個年輕人向他親切地點頭打招呼，我一面覺得驚訝，另一方面我覺得，他的燈心絨褲與黑襯衫，在這一群全身名牌西裝的人當中顯得非常特出。反倒是我的穿著太過保守了，似乎與環境格格不入。此外，我因爲還沒有搞清楚方位而覺得氣惱。放眼望去，到處鬧哄哄亂七八糟，到處是吧台和排隊等著買酒的隊伍。我想找化妝間，卻怎麼也找不到。什麼名模或明星也沒看到。進到下一個大廳，這裡擺了一個大型的投射螢幕，畫面一直在快速閃動變化。我踩到了旁邊某人的腳，於是小聲向對方說抱歉。突然，奧立佛停下腳步，彎腰輕吻一位漂亮的年輕女子的臉頰，她穿黑色長褲和銀色亮片上衣。我等著奧立佛爲我引薦，但那女孩一轉身就消失了。奧立佛拉著我繼續往前走。

「她是那個小星星。」他很簡短地做了交代。

「就是她？」我問道。

奧立佛點點頭，我心裡感到一絲妒意。這時，鎂光燈一閃，打斷了我紛亂的思緒：有人在爲某人照相。那個某人轉過身來，我一眼就認出那是一張我在電視上看過的臉龐，但我怎麼也記不起名字，但是她的存在讓我和奧立佛一度覺得自己就站在一般人所感興趣的事物之前。我愈來愈覺得，自己與這個環境格格不入：我一點也不屬於這裡，所有的人舉止都那麼合宜自在：坐在義大利名牌皮沙發裡，或者起身抽菸，說笑，順口啜飲雞尾酒，吃著小盤子上的東西（天知道那些食物打哪來的，我沒看到有什麼販賣食物的櫃檯呀）；那些插著小叉子的點心有些是我從來沒吃過東西：兔肉醬、鵪鶉蛋，甚至有松露（這是奧立佛極力推薦的珍品）。

「歡迎來到虛擬世界！」奧立佛說：「記得！你所看到的一切都不是眞的！」

我覺得格格不入，他倒能享受……

我煞有其事地環顧四周，回答他：「在這種場合，我好像應該喝醉。」

其實我的脖子已經開始發麻……

「我總算聽到一句像樣的話！」奧立佛帶著我走向吧台排隊買香檳。

3

過了大約一個小時，我已經微醺。我覺得很放鬆，比較能享受這裡的音樂了，而且扭擺起臀部不會覺得害羞。

而且，我有了笑容。周圍的人突然變得友善許多。

「這眞是奇蹟似的變形記。」奧立佛很高興。

他爲我解開我上衣的第一顆鈕釦，把領子往兩邊拉開一些，很滿意地看著我的變化。

「嘿！我等一下就回來！」他說。

4

半小時過去了，奧立佛還沒回來。我怎麼看都沒看到他的影子。這段時間裡，有兩個男人幾乎同時跑來用英文跟我說話，我聽不懂，只好微笑著搖搖頭。我對於自己的沈著反應頗爲得意，但不知爲什麼，我心中的不安感覺漸漸高漲。

我開始尋找奧立佛。我的頭發昏。多發現了好幾個沒有燈光的角落。

忽然間，我看見了奧立佛站在一個黑暗的角落，看見他親吻那個穿銀色小背心的女人。

先是奧立佛瞥見了我，然後那個女人也看到我了，她笑了笑。奧立佛咬著嘴唇抬頭望著天花板。我立刻轉身往外跑，奧立佛在後頭追，喊著我的名字，但我並沒有停下腳步，也不打算回頭。我到處尋找出口，一直碰撞到人群，甚至忘了去取我放在衣帽間的大衣。最後，好不容易，我跑到了街上。外頭冷死了！幸好，在出口不遠處就停著幾輛計程車，我猛力打開其中一輛計程車的車門，司機嚇一大跳。

「到柏赫尼茲！」我用我自己都不太認得的堅決語氣大叫：「開快一點！」

## 二○○○年三月二十一日，於布拉格

親愛的羅拉：

妳和妳男友寄來的信，我**收到了**！

我打開信，知道了這封信來自妳的時候，內心充滿複雜的情緒。我一方面覺得高興，至少這證明妳看到了貼在地鐵的「公開情書」（雖然我深信大衆媒體的效果驚人，卻也無法確定妳是否當眞看到了那些信）；另一方面，我讀著你們這封荒唐的信，覺得很不愉快。我最不能忍受的是想到了妳和他一起討論該在信上寫什麼內容，該如何叫我停止我的「公開廣告活動」。光想到你們倆一同坐在豪華餐廳的樣子，我就……

毫無疑問的，信裡頭那些比較平和的口吻是妳寫的。我懂妳，知道妳向來主張以和爲貴，非不得已決不與人爭辯（看得出來，你這次是失望透頂了……）。我敢打賭，信尾那段莊重的、簡直可稱爲**有修養的威脅**，乃是妳的傑作。如果換成是他寫，一定會口不擇言。你們在信上說，我的舉動是非常不足取的，說我有**暴露狂**（題外話：你們常會因爲電視與報紙的誤用，而不用自己的大腦，不假思索地使用若干不恰當的專有名詞……）。你們說我應該**接受失敗，重新振作，不要再墮落下去**……你們還說我應該替妳著想，像我這樣把醜事拿出來張揚會造成妳的不愉快。接下來那個針對我上封信所引用的詩句而寫的嘲諷，內容十分貧乏，我很吃驚——那段話顯然經過了你的校改，然後讓那個平常只讀報紙上有關汽車與遊艇的東西的人背黑鍋……我在信末終於讀到了帶有威脅意味的字眼——訴諸法律。

事已至此。羅拉，我想妳知道我不是那種好勇鬥狠的人（我上一次動用拳頭是小學三年級的事），但是我在讀「妳」那封信的時候，血液直衝腦門，簡直無法控制自己激動的情緒——我恨不得打爛那混蛋的嘴巴。那傢伙，這樣子猥瑣地躲著罵人，這樣子誤人好事，他只會做這些，他還會做什麼，這種人居然敢在我面前大談什麼叫尊嚴……這個人從一開始就知道你跟我在一起的事，卻隨便詮釋我的行爲，給了你錯誤的解釋；這下子他眞是踐踏我的尊嚴了。

可是，重點不在那個人身上。什麼叫做「一旦他要控告我的話」？請告訴他，要告就告吧，我是不會有任何損失的——因爲，我已經一無所有。我唯一在乎的，就只是妳，羅拉。請你不要以爲：除了寫信之外我什麼都不能做。我失去的是那被我視爲生命唯一意義的東西，你說我能放棄嗎？

總之，長話短說。羅拉，我是爲了爭取你而**搏鬥**著。我搏鬥著，以超乎我自己能力的方式搏鬥著——我這樣子搏鬥，絕對不會是有失尊嚴的事。痛苦也罷，被視爲暴露狂也罷——那些都是無謂的空洞字眼，是人自己製造出來的，無法在身體裡眞正有所感受的東西。

我愛妳，羅拉。請妳回到我身邊。

奧立佛

# 第21章

多配偶的基因遺傳──對不忠的不同看法──不幸福的保險套售貨員──穿自行車運動裝的金髮快遞員

1

回到家的深夜裡，我打電話給英格麗。她耐著性子聽我抱怨，然後小心地試著問我是不是對奧立佛太小題大做了。

「小題大做？」我尖叫起來：「我怎樣**小題大做**！他在親那個女的，你還不懂嗎？他把舌頭伸進她那紅紅的豬嘴巴裡頭！」

「親愛的，」英格麗的聲音聽來很睏：「你記得你和瑞奇去旅行時，妳**幾次**親吻了誰嗎？」

我突然無言以對。英格麗繼續闡述，在一段還算不錯的愛情關係裡，男人會對伴侶不忠的比率高過女性。這可是有科學爲證的。英格麗舉出了一項研究數字分析男女在性方面的態度：在人類歷史上的一千一百個社會形式裡，至少有一千個曾經有**多配偶制**的存在。

英格麗說得頭頭是道：「大約佔百分之九十，懂嗎？很不幸地，在男人的基因裡就有不忠的成分。」

有東西發出臭味。

「英格麗？妳那裡有別人在——是嗎？」

英格麗猶豫了一下才承認。

「所以，」我很無力地說：「妳的意思是從頭到尾都有人在聽我們的對話!?」

話筒那邊傳來啪的一聲，隱約聽到有人在和英格麗低聲說話，然後一陣寂靜。

「嗨！羅拉！」突然響起赫伯的聲音：「對不起，不過時間眞的很晚了。我在一個小時以後必須回到我太太那邊……我既然是我身上基因的奴隸，只好就此結束電話了。」

然後他就把電話掛上了。

## 2

我不想看到奧立佛。不想接電話。不想回他那些在做垂死掙扎的簡訊。

我什麼也沒對我媽說，我這是自欺欺人，都是面子問題作祟。

到了星期一上午上班後，我下定決心絕不透露任何心事，但是辦公室的**淑女**們好像感覺到我發生了什麼事。不一會兒功夫，一連串的詢問劈頭直來，我一時招架不住，於是哭了——到最後，我必須出門透透氣，放鬆心情。

編輯群隨即開始發表她們對於不忠這個課題的各種意見：

絲登卡認爲，奧立佛只是個自私的混蛋，就跟大多數的男人一樣。

弗拉絲塔再一次提醒我，不要爲這種小事破壞一段美好的愛情關係，並且讀起了我們下期雜誌即將用到的一段文字。**美國女星安迪・麥道威爾說：妒意破壞了我們的婚姻**。

羅瑪娜原則上同意弗拉絲塔的說法——但是她覺得站在我的立場想，絕不能輕易饒過奧立佛。

特莎左娃柔柔一笑說，她從來沒遇過這種問題；以前沒遇過，將來也不會遇到。

米瑞克則說，他實在沒法給我客觀的意見，不過如果換成是他，他說他肯定會馬上和奧立佛分手，然後找一個眞正懂得善待我的人。

我說，這些忠告我回去會好好想一想。

3

我實在不想再看到那些關注的眼光，所以我回到我自己的辦公桌，試著投入工作。我先打開了桌上的一封信——這是封手寫的信，字跡不易辨識，而且若干字還劃了黑線加以強調。

親愛的編輯大人

我一向是自己處理自己的私人問題，不會隨便向**陌生人**傾吐心事，或許我應該說，我眞不知道該找誰說，所以才會寫這封信給您，我想或許您可以給我一些幫助。可是我也知道像我這樣的讀者投書多不勝數。我讀國中時，想在畢業後報考中等技術學校，但是我的親生母親那時直接告訴我我沒希望，要我畢業後去學當店員。於是我花了兩年的時間當實習售貨員，現在在我們部門裡的香水櫃檯服務。在這段期間，我年年報名中等技術學校，沒有間斷。但是十次報名，十次申請表被退回。我實在不懂爲什麼，只能在心裡一遍又一遍問自己：「爲什麼？蘇珊娜，爲什麼？」我想我的問題大概在於我長得不特別漂亮（但我也不算太醜！）而又缺乏自信心。但如果連你自己的親生母親都斷言你考不上學校，那麼你怎麼可能會有自信？很久以前，我就厭煩了在香水櫃檯的工作，尤其是在替客人噴試用品的時候，有些客人不要噴在手臂上，而要噴到嘴巴裡，有的甚至要噴到眼睛裡！有時我會希望有些年輕男子來買香水，但是很少有年輕男子會獨自前來選購香水的，只有上了年紀的男人才買得起香水。想想看，一瓶價值一千至兩千五百克朗的香水，怎會是我們「民主資本主義」下的人民買得起的呢？那些買得起的男人身邊也一定有女人跟著——每每看到這樣的情景，我總會搥胸頓足，不懂爲什麼我就遇不到這種男人。不過，即使有男人找我攀談，我也會因爲缺乏自信而錯失機會。因此我根本沒有認識異性的機會！再加上我大都八點回家，晚餐之後就累得睡著了。週末要幫忙做家事，晚上不准隨便出門，即使我已經十九歲了！只能偶爾看看電影，但星期六晚上誰會去看電影？大多數的人都是去迪斯可跳舞，去小酒館喝酒。最後，我只有和那些常來櫃檯要求買保險套的下流男子講話，根本沒機會和一些正經的男人聊天。這眞不是人過的日子。其實我只是單純地希望能遇到一個眞正愛我的好男人，然後生兩個小孩。那個男人不需要長得帥，因爲在這世界上有很多比外表更重要的東西。我的要求不多，或者其實這樣的要求已經太多了？請您告訴我，我該怎麼做才能實現我的夢想呢？我眞的開始害怕，萬一我的夢想永遠都不會實現的話，怎麼辦？？？

您的讀者蘇珊娜

PS請務必回信！

我大聲朗誦這封信給辦公室所有的人聽。羅瑪娜轉過身來看著我說：「天啊！她又開始哇哇叫了……」

4

我們吃完午飯回到辦公室，一進門就有人來按門鈴。弗拉絲塔上前去開門。她回來時，別有含意地擠眉弄眼。

「有個年輕人問我這裡是不是《淑女》的編輯部……」她又開始開老玩笑了。所有的人都把目光從電腦螢幕轉向弗拉絲塔：她身後站著一個身穿自行車運動裝的快遞員。他很瘦，臉上的皮膚曬得黑黑的，安全帽下露出金黃色頭髮。手裡則握著紅色的玫瑰花束。

他深深吸了一口氣，說：「午安！」

我們異口同聲地回應他。絲登卡在偷笑。

「這是送給羅拉小姐的……」金髮快遞員對弗拉絲塔這樣說，並且用目光掃視我們——然後在我身上停下來。弗拉絲塔笑著點了點頭，於是我從快遞員手中接過鮮花……

羅瑪娜問那快遞員說：「英俊的自行車手，喝杯咖啡再走吧！」那年輕人很禮貌地拒絕了。等我簽好了確認單之後，他就離開了。

米瑞克又回到電腦螢幕前，試著專心工作。但其他的人，包括特莎左娃在內，都把注意力集中在我身上。玫瑰花總共有十朵，透過玻璃包裝紙可以看到花束裡夾了個小信封。

請給我機會彌補我的愚蠢行爲！我愛妳！

是奧立佛寫的。

弗拉絲塔忍不住問：「寫些什麼？」

我大聲唸出卡片上的字，想讓自己的聲音聽起來帶點冷嘲熱諷的味道，卻做不到。女人眞的太容易哄了！多虧有我，我的女同事們終於參與了一樁眞人實事肥皀劇。弗拉絲塔建議把整個場景放進這一期雜誌的「**書寫人生**」專欄裡，但是羅瑪娜揮手反對。

她說：「我不管你們的專欄要幹嘛……」她說她說：「我關心的是羅拉接下來會**做什麼**……」

5

我會做什麼？

我會拿這個死男人怎麼辦？

我好想跟那混蛋分手，永遠不要再看到他！一輩子不要看到他！但是，問題是我想見他！而且想馬上見到他！因此我打電話到他上班的地方，語氣冷淡地謝謝他送的花——然後邀請他共進晚餐。到我家！

一個二十歲出頭的小艷星，對抗一個溫暖的家……

奧立佛因爲我的寬宏大量而樂得暈陶陶的——在半路上，他做了一件比送花還要瘋狂的事：藉著被愛沖昏頭的喜悅，爲了證明對我的愛，對我媽的愛，以及對他自己、對上帝和對全人類的愛，他到銀行領出了他大半生積蓄的一半，然後就近走進旅行社預定了前往加納利群島的耶誕假期七日之旅。

三人行。

到了我家，坐在廚房餐桌前，他把旅行社給的文件和收據放在桌上讓我們看，然後等著欣賞我們的不知所措。

「**六萬三千元克朗**!?」我媽搖著頭說：「柏索！你一定是瘋了！」

但是我看得出來，我媽其實很高興。

「妳大概從來沒想過會有這麼慷慨的**捷克人**吧？」奧立佛笑著說：「我知道，反正妳們是不過耶誕節的……」

我故意挖苦他說：「是啊！**花小錢**還是可以立大功的。」

「看吧！我最會做這種事了！」奧立佛可眞得意。

# 第22章

## 自作主張的顧客——不要，爸，不要！——回憶碧姬·芭杜——海灘上的耶誕節

1

旅行社把所有行程都安排好了——但我媽一向討厭這種旅行方式。於是她採用了優雅的身段面對問題。在布拉格機場上飛機之前，她派我和奧立佛代替她向旅行社人員報到；飛抵目的地之後，她拒絕搭乘團體交通車前往飯店，同行的女導遊很緊張，一直催我們上車（那時風很大，女導遊幾乎是用喊的），我媽便很有禮貌地向導遊說，我們打算整個星期都租一輛車，所以待會兒我們會自己到飯店。或許是因爲從來沒有遊客做過這樣的要求，因此女導遊表示，把全團的乘客照顧妥貼是她的責任。

「親愛的，我們會自己打理一切的！」我媽笑著說，她的頭髮在風中狂亂飛舞。

交通車開走了。我們沒上車。

我們回到機場大廳，往AVIS租車公司櫃檯去；一到櫃檯就聽到我媽用流利的西班牙語對櫃檯小姐開玩笑，並拿出信用卡來。櫃檯小姐打了個電話——五分鐘之後，在離我們最近的入口處就停了一輛白色的喜悅Toledo。天空藍藍的，陽光暖暖的。奧立佛把行李放上車，我媽則坐進司機座位；她轉動車鑰匙，打開空調，看看後照鏡確定我已經坐好了；然後車子便慢慢向前滑行，駛出了迷宮似的停車場，循著標示不清的交通標誌前進，過環快道路，繞圓環，一次都沒有搞錯方向，完全不須停下問路，既守規則卻也沒有浪費時間——不到十五分鐘就抵達了飯店的停車場。

我帶著極爲欽佩的口吻向我媽說：「媽！妳眞厲害……」

「我當然知道，」我媽笑著回答：「不過，坐你旁邊那個人不曉得知不知道？」

2

天氣眞好，有點風，但很暖和。早上氣溫大都有攝氏二十三度左右，對我來說，這是生平第一次我的鼻子和雙手在十二月份不是凍僵的。

我們住在一家三星級飯店，還不錯，我媽那間單人房的陽台還可以看見海。飯店的住宿附有早餐（在啓程前，我媽特別交代奧立佛把原先預定的附有晚餐的飯店退掉，改訂這家），所以我們每天的午餐和晚餐便在此間的各式餐廳解決（我最喜歡的幾道菜色：水煮帶皮小馬鈴薯，尤其是加了摩丘醬的最好吃，當然還有用橄欖油調味的溪蝦，配上大蒜麵包）。餐廳裡的服務生每每把我們當成是一對夫婦帶著女兒來旅行。有一次，奧立佛和我趁我媽去化妝室的時候熱情擁吻，害得隔壁桌的英國老夫婦睜大眼睛看。這一類的反應有時候很令人不自在，但有時倒蠻有趣的。

「不要啦，」遇到海灘上擠滿了德國觀光客的時候，我會在奧立佛擁吻我時假裝抵抗，用德文喊道：「不要，爸，不要啦。」

3

在海灘上，我很快就注意到奧立佛主要只盯著年輕女子看，有時候甚至是青少女。他看女性的眼神別有意涵。幾天過後，我當面向他提起這件事，他卻認爲我根本是在吃醋。最令我驚訝的是他根本不找藉口掩飾。

「我當然喜歡妙齡女子，」他瞥了瞥附近幾個確實不妨動一次拉皮手術的德國老女人說：「難道要我喜歡這種老女人你才高興嗎？」

（「爲什麼這些女人一直在曬太陽？」我們抵達的第一天，我就注意到這些已然凋謝的老女人整天躺在沙灘上被太陽烤，如此努力不懈追求古銅色的發亮肌膚，就問奧立佛：「你告訴我，她們這麼辛辛苦苦是爲了誰呢？」

「爲了醫生叔叔啊！」他冷冷地回答：「爲了去拜訪年輕的主治醫師……」）

「我以爲你會對她們感興趣，因爲你的年齡和她們差不多！」

「那我幹嘛跟你在一起！」奧立佛硬是做出這種結論。

我腦子裡只冒出「別忘了你自己幾歲」和「那個小女生都可以當你女兒了」之類的話，但我想我最好還是閉嘴。

「你知道，碧姬．芭杜被問起爲什麼她四十好幾了還總喜歡和年輕男人交往的時候怎麼說嗎？」奧立佛提出了一個修辭問題：「她說：我一向抵抗不了年輕人的誘惑，我爲什麼要因爲年齡漸增而改變？」

我不說話，但是心中的不滿越來越強烈。

「我個人完全同意她的看法！」他補充說道。

「那麼你是眞的喜歡我媽囉？」我帶著攻擊性的語氣問他：「我是指在肉體上的喜歡？」

奧立佛猶豫了一下，很謹慎地遣字用詞：「她是個漂亮又聰明的女人。簡言之，很有個性。」

我感覺到他的小心翼翼，火氣冒了上來。

「你覺得她有吸引力嗎？你今晚還會想和她上床嗎？」

「今晚幾點呢？」他故意打趣地說，但我沒讓他得逞。

「想，還是不想？」我直直地盯著他雙眼問。

「你不能老是用這種二分法來看待所有的問題，生活不可能是這麼黑白分明的。」

「好！那請問你，你是可能想呢？還是可能不會想？」

奧立佛嘆了一口氣，意興闌珊地回答：「可能不會想要吧！」

我很難過地說：「你看吧！那我過了四十歲之後怎麼辦……」

「你他媽的到底想聽什麼樣的回答才會滿意？」

「老實的回答。」

「不知道！我眞的不知道！」

「你不知道？那我怎麼和你生活下去？你連這個都不知道……」

「我才要問咧，那我怎麼和自己生活下去？我連這個都不知道的話！」奧立佛咬牙切齒地反駁：「爲什麼你總是媽的覺得我有所企圖？這個世界可不像女性雜誌每一次講的那樣只有一種模樣，所有的人的立場都一樣，所有的人，包括你我在內，都活在只有一種性別的困境裡。你懂嗎？」

「我當然懂，生活確實是一場困境沒錯，」我不自主地提高聲音：「但是我無法認同的是你的某些看法！」

「你看你！」奧立佛大叫：「你在說什麼！越來越像小心眼的女人說話的樣子。生活從來沒辦法十全十美，但女人根本不在乎，你們說，啊，人生就是這樣，接受現實才是理性的態度。可是男人也沒辦法十全十美，你們卻無法忍受了。你們女人太天眞，引頜翹首等著一個理想的完美的男人，彷彿你們生來就有權要求理想伴侶。妳們懷抱著一種信念，認爲擁有完美男人是你們與生俱來的權利；一旦沒找到，妳們就怨天尤人……」

「胡說！」

「我會變老，神父啊，牧師啊，做點什麼吧！這世界太荒謬了，太不公平了！你們都沒長眼睛嗎？你們眞打算什麼也不抵抗嗎？女人總是對上帝不滿，但又知道上帝是不接受抱怨的，所以就把怒氣發洩在可憐的人身上……」

接下來的一整天裡，我們倆都不跟對方講話。我試著看一些書，卻都無法集中精神。我想到了瑞奇，很想念他。

最後，我媽跑來當和事佬。

## 4

耶誕節前一天的早上，海灘上就聚集了醉醺醺的聖誕老公公，用德語大聲喧譁！我和我媽都覺得簡直太荒謬——比起來我們捷克實在幸運，只有鯉魚、煙花和倚在別人家窗口唱著〈喔，棕樹〉的吉普賽人——海灘上的聖誕老公公實在無法讓人有過耶誕節的感覺。

八年前的這一天，我爸過世。

我們坐在海灘旁的小咖啡館裡，服務生端來一壺冰鎮的果汁。

「過個不一樣的耶誕節……」奧立佛說。

然後他突然發現：「咦！這句話不錯，可以考慮拿來當旅行社的廣告標題！」

我媽一直盯著他腳上那雙快要磨破的涼鞋和破了洞的T恤……

拜託什麼都不要說，我心想著。

我媽沉默了一會兒，若有所思地開了口：「想像一下！我們的阿姨每年耶誕都要烤蛋糕……」坐在遮陽傘下的她說得很慢條斯理。

「不是要埋怨，」我希望我聽起來仍然心懷感激：「只是有一點點懷念以前那種耶誕節……」

奧立佛拍了拍我們倆的手，然後分別吻了我們一下。

這是我媽（自他們倆重逢以來）第一次接受他的親吻，看得出來她的臉色微微發紅……

「那麼，祝我們大家耶誕快樂！」奧立佛舉杯祝賀。

但我媽沒有。

「奧立佛，請注意你的用字遣詞！」我小小聲提醒他：「對不起喔。」

奧立佛聳聳肩，抱歉地說：「那麼可以說乾杯嗎？」

我媽舉起杯子說：「爲愛情乾杯！」並且用手肘推了推我們。

那一天，我們泡在海水裡消磨掉大半的午后時光。

# 第23章

受不了德國人的德國人——向寡婦求婚——像奧立佛那種類型的男人是什麼心態——沉睡中的女人

1

隔天，我媽就遇見了她生命中的下一個男人。他是德國人，但他痛惡所有的德國人。我媽也不喜歡捷克人，所以他們倆立刻組成了一對夢幻搭檔。

2

他的名字叫漢斯，今年四十五歲，職業是建築師。他獨自旅行。他長得很像年輕時候的美國電影明星克林·伊斯威特——在我們等渡輪的時候，他上前用英文問了我們一些問題，這時他更像克林・伊斯威特了。

不過，其實是我媽挖空心思找話題聊，故意多和他說一點話。

「It's a windy day today, isn't it?」（「今天的風眞大，是吧？」）他喃喃自語。

昨天就暖得多，對不對？不太冷，也不太熱，剛剛好。

我和奧立佛互相使了個眼色，但我媽沒注意到……

看樣子，漢斯是因爲不喜歡中歐寒冷的耶誕節才跑來這兒度假的。

「Well, it depends……」（「嗯，這就看每個人的感覺了……」）漢斯帶著笑容回答，並且上下打量了我媽一番。

你的耶誕都來這裡過囉？我媽問。

這是第三次了，漢斯說。

然後他就不說話了。他抿著唇，聳了聳肩。自從我太太過世以後，他幽幽地說。

「Oh my God!」（「天哪！」）我媽驚叫：「I'm so sorry!」（「眞抱歉！」）

然後我媽馬上改口說德語，向漢斯再次道歉，殷殷致意。（我平均在每五個德文字中聽得懂一個。）漢斯對於我媽說得一口流利的德文大爲驚訝。他搖動雙手，連忙表示不需要如此道歉。大概是爲了表示距離感吧，他轉換了語言和話題，用英文問我們在捷克都是怎麼過耶誕的，難不成也和他一樣來這裡過節？他的目光在我媽和奧立佛之間來回移動——顯然把奧立佛當成我爸了……他接下來所問的問題證明了我的猜測正確，我媽則又搬出了同一套說法。

現在，反而換漢斯尷尬了，連忙道歉。但他流露出困惑的神情。

「我丈夫啊，」我媽對他解釋：「八年前去世了。」

漢斯一聽，倒吸了一口氣，彷彿一時找不到適當的字眼來回應這個出人意料的回答。

「不用說，」我媽連忙接著說：「這件事你完全不需要負責。」

漢斯噗哧一笑！我必須承認，他的笑容真的蠻迷人的……

我媽也咯咯咯跟著他笑。我們這才上了渡輪。

「我們不管這兩個年輕人，」我媽指著我和奧立佛，對漢斯說：「我們去喝咖啡，放鬆一下，你覺得怎麼樣!?」

漢斯馬上同意：「好主意！」

3

「他是從漢堡來的！」半小時過後我媽回來了，很興奮地對我們說：「他是土生土長的漢堡人！」

奧立佛的表情充滿不解：「對不起！我不懂，一個從漢堡來的人能有什麼好讓你高興成這樣的？」

我媽解釋說，這跟他來自漢堡這座城市無關，重點在於他是**西德**的人（她原先心裡就偷偷這樣期待）。

「爲什麼？」奧立佛更疑惑了：「一個人在哪裡出生，對於談戀愛這件事來說很重要嗎？」

「因爲社會主義把大多數男人的自信心和自尊心給抹滅了！」我媽說：「柏索！這下子你總該懂了吧！」

（事後，奧立佛從一本書上讀到了一段話，唸給我聽：「他們在談到一個個體的時候，會去深入分析整個民族；我認爲這種做法過於草率，遇到一個特殊現象就要做出武斷結論。」）

渡輪靠了岸，我們搭上公車。在公車上，我發現我媽有那麼一、兩次凝望漢斯，看得出了神。我們到了站，漢斯也跟著我們下車，跟我們一起去白雪皚皚的山頂。然後，漢斯帶著微微捉狹的口氣（他有一個和我同年的女兒）問我，他可不可以邀請我媽去吃午飯。

「那麼你得先回答我兩個問題。」我故意擺出英國式的正經姿態：「第一，你贊成死刑嗎？」

他很吃驚：「死刑？我反對……」

「很好！第二個問題，武器呢？你喜歡武器嗎？」

我媽笑了。

「我不擁有任何武器。」漢斯仍然一臉不解。

「那好，你們去吧！」

4

在接下來的幾天，漢斯和我媽形影不離。看起來是郎有情妹有意。

「你們現在如何呢？」我好奇地問我媽。

「到目前爲此都很好。」我媽說：「到目前爲此一切都很完美。」

「天啊！又來了！」奧立佛悶悶地說：「天下沒有完美的男人！以爲世上有完美男人存在的這種迷思如同病毒，吞噬了女性的判斷力——假如女人眞有任何判斷力的話。」

「或許沒有什麼完美的男人，但是我不同意你說的，我們的這種期待是一種思想病毒。」我反駁道：「這只是我們女人一個美麗的夢！」

我媽補上一句：「而且，有時候美夢是會成眞的！」

我媽和我相視一笑。

「胡說！這是人生當中最危險的迷思！」奧立佛搖著頭，企圖糾正我們：「把這種論調掛在嘴上的女人，在向別人傳播的時候應該有所保留，把它當成半眞半假的理論。否則，若造成集體傷害，最後的懲罰一定會更重。」

我媽挪了挪茶杯，我覺得，她的手好像在顫抖。

「如果我搬去漢斯的房間，你們會介意嗎？」我媽刻意避開我眼中的問號：「我想和他一起度過耶誕夜……」

奧立佛立刻反對：「値得嗎？只爲了一個晚上？」

我則小聲地，慢慢地說：「我們當然不會介意……」

5

晚上，我和奧立佛坐在飯店的吧台旁，和我們作伴的只有零星的幾對身影。緊臨飯店的幾家餐廳人聲鼎沸，歡慶耶誕夜。如果我可以選擇的話，我倒想去跳跳舞，但奧立佛是不會陪我去迪斯可舞廳的。我沒有告訴奧立佛，我心裡惦著媽媽。

當奧立佛又點了兩杯紅酒時，我對他說：「如果還要我再喝一杯，我一定馬上睡著！」

「我年紀很輕的時候，」奧立佛若有所思地說：「不小心聽到一首很有名的曲子，唱的是關於乞丐歌劇裡的麥基．麥舍這個人物。我聽的是米洛許．卡貝斯基的改編版本。」

只要奧立佛開始使用文學性的字眼，他大概就是喝醉了……

「請你簡單扼要地說！」我要求。

「這首歌是這麼唱的：年輕女孩／夜晚時刻／閉眼恬恬入睡／一覺醒來／啊，好丟臉／麥基眞是頭豬。」

「瘋了。」我累了：「這首歌的重點是什麼？」

「這首歌完全誤導了我對沉睡中的女子的幻想！」奧立佛衝著我笑。

我不禁笑了。奧立佛有時候眞的是很有趣很可愛的。看著他曬成棕色的臉，我想著：這是我的奧立佛。

在柯修拉島上的奧立佛。

我緊緊挨著他，享受此刻這種兩人相屬的感覺……

「那一年，我一直在想這首歌的意思，女人在睡覺的時候，男人可以對她爲所欲爲嗎？」他說：「你能想像我那怪異的成長過程嗎？」

我看了看四周，沒有人在注意我們。於是我把手伸向他的褲襠……

「那，假如，」我故意賣弄風情：「假如我現在睡得很沈很沉，會怎樣呢……」

「我就說實話吧！」奧立佛投降了：「對男人來說，沉睡中的女人是極富誘惑力的！」

「是嗎？怎麼說？」

「因爲，面對一個沉睡的女人，男人可以大方扮演自己的角色，擁有完全的主動權。他不需要做一些違背他動物本性的事。他不需要花時間親吻女人，撫摸女人，連那些蠢話也不要說，只要直接滿足自己的天賦需求就好了！」

我知道他這些話不完全是認眞的，但我聽了還是對他很不高興。

「照你這麼說，我想，死掉的女人不是更好，更有誘惑力？」

奧立佛才不管我生氣：「爲什麼？死了的女人一點反應也沒有！至少要有點反應才好！」

幾秒鐘之前我還蠻熱衷於我們之間的對話的，但現在我覺得一點也不好玩了。這時候，突然有兩個約五歲的小男孩尖叫著跑過我們的身後……

「天啊！這些小混蛋東西不是應該躺在床上睡覺了嗎！」

我沉默不語。

過了一會兒，我問他：「你對於小孩的看法如何？」

「小孩子們會帶來快樂，也會帶來憂慮。」

「我是很認眞在問你的。」

「認眞？」奧立佛說：「小孩子只是大人在感到煩悶時可以拿來玩的玩具，其他時候，大人根本不知道該拿小孩子怎麼辦。」

「你在說什麼!?」

「小孩，只是在人生裡一事無成的人用來安慰自己的東西。」

我簡直不知該怎麼反應！

這個人，竟然是我想嫁的人！

## 二〇〇〇年四月二十日，於布拉格

親愛的羅拉：

春天來了，我還在唱著那首歌，歌名始終叫做：羅拉，回來吧！我們已經幾度上了報，兩次成爲電視新聞頭條，連德國ARD電視新聞台也報導了。（我使用了「我們」這個複數主詞，主要是因爲我知道，我得以成功引起媒體的注意，要歸功於妳。）文學評論雜誌 *Respect* 上面登了一篇文章，〈地鐵的奧菲斯〉，妳看過了嗎？還是妳只看《遊艇與快艇》之類的雜誌就夠了？

我好幾次置身搭地鐵的人群裡，觀察乘客看到了我所寫的公開情書後有什麼反應（大部分的讀者好像都是年輕女孩和婦人）。有些人看到了我所寫的信，似乎被它打動了，感受到了我所寫的每一絲悲傷；但是有些人則截然不同，隨便看個幾行，然後就感到厭煩，轉頭去看其他的廣告：「快來嚐美味」、「比以前更厲害」、「人先來了再說」——這類的廣告詞現在正流行。這個時代不流行哀傷，尤其不時興對別人將心比心。是誰在那裡傷心？與我何干？請自行解決！

不久前，我領教到現在的青少年是如何拿我的情書開玩笑的。我不是沒有感覺的人，對於別人我很能體諒，所以我心裡偷偷期待那群青少年裡面的女孩會告訴這些男孩：「別這樣！你們這些白痴！」就像有人說了個超過尺度的粗魯笑話的時候，沒有人要理他。但是，現在這些「捷克汽水族」有所謂的尺度嗎？當我們已經不用適度的嚴肅態度來講起布拉格之春事件中自焚的學生帕拉哈和集中營的時候，妳認爲，我們還能對於日常生活裡的寂寞感同身受嗎？

說到寂寞：妳不需要相信我，但我要告訴你，自我們分手以來的這幾個月，我没有和任何女人上過床。妳是知道的，性對我來說可不是不重要的事。三個星期前，我廣告公司裡的一個同事（妳認識他，但是我不方便透露他的姓名）見我陷於這種近乎殉道的狀態，實在看不下去了，就強拉我去布拉格市外的一處妓女户——可是我實在没有辦法跟著那個看起來很哀傷的名花走進房間。諷刺的是，儘管我失去了一切，我卻還是個放不開的人……說得具體一點吧（對不起，必須在這裡提起若干私密情節，妳知道平常我是閉口不講這類東西的）：當席琳．狄翁的歌聲〈我們來說愛〉響起，那裡的女孩之一，因爲對於我的猶豫不決表示厭煩，就把他的手伸向我，在我鼠蹊部游移，我馬上有了反應——在這同時我居然放聲大哭。妳想像一下吧（上星期我告訴Z醫生這件事，醫生竟然大笑——心理醫生這樣對待病人實在太不應該）：我坐在某個郊區妓女户的破沙發椅上，眼睛圓睜，聽著席琳．狄翁的歌——然後放聲大哭。

好了，不說那件事了，那不過是我的莊重自持的自我解嘲與幽默方式之一（請參 *Respect* 雜誌），是我用來強調自己仍然潔身自愛、維持禁慾狀態的做法。接下來，我可不開玩笑了。

最近我做了一個惡夢，夢見我在普羅侯里斯卡公園的出口遇見妳（我不懂爲什麼是那個公園，我上一次去那裡是小學的校外教學，那次有個同學用手摳我的雀斑，然後我就流血流了一整天）；在夢裡，妳一下挺個大肚子，一下又推著推嬰兒車。那是種樣式獨特的老式嬰兒推車，用藤編成的；我猜，這種復古推車說不定又會變成另一種流行呢。

我祈禱，希望我的夢不是眞的。

羅拉，我愛妳——而且我的愛不會消逝。

請回到我的身邊。

奧立佛

# 第24章

家鄉發生了幾件事——不該喝的咖啡——電話傳情記——奧立佛提出了令人意外的建議

1

歡迎回家，以下是我們出門那段時間家鄉所發生的一些事：

奶奶在新年時外出散步，跌了一跤，摔傷了大腿骨，動了手術，必須待在醫院。與她同病房的包括兩位躺在床上動都不能動的老太太，和一個垂死的公務員。我和我媽每隔兩天輪流去探望奶奶，爲她解悶，免得她胡思亂想。但是奶奶一反常態，默不作聲，一次都沒有問我有沒有男朋友，雖然我已經有了一個。

赫伯在耶誕節過後不久就離婚了，搬去跟英格麗同居，並且一起過新年元旦。英格麗爲赫伯買了兩個大書櫃和一個立燈，以及當然會買的有扶手單人沙發椅。英格麗告訴我，這是她在這一生第一次感到幸福。奧立佛樂觀其成，然後怪我爲什麼不能分享他的快樂。

吉姆拉太太得了癌症，正在做化療，頭髮大把大把掉，所以非要戴上頭巾才肯出門——她的頭巾花色很像他們家鞋櫃的紋路。她的表情彷彿在說，都是我和我媽害她生了病。吉姆拉先生的情況則與他太太恰恰相反，他在走廊上遇到我們，上前擁抱我們。就在那個我們剛從加納利群島回來的晚上，他告訴了我們他太太的病情。我媽煮了咖啡給他喝，冷淡地聽他說話，她不打算讓自己的情緒隨著這件事起伏。她說，沒有人比她更應該對這件事冷漠以對。

特莎左娃的老公動手打了她。這是弗拉絲塔和絲登卡偷偷告訴我的。耶誕節之前，特莎左娃還可以用化妝品掩飾，瞞過大家的眼睛;但是過了新年之後，事情就敗露了——被打斷的鼻樑和眉間一道開口的傷痕該如何用粉妝遮掩。羅瑪娜告訴特莎左娃，哪些哪些名女人也是家庭暴力的受害者，希望藉此安慰她的老闆。

這招顯然無效。

2

我們雜誌社的發行人先前送了《瑪麗莎》歌劇的戲票給每一個人當作耶誕禮物。我打電話問我媽說，我是不是該把票轉送給奶奶。我媽卻回答說，她很願意陪我一塊去聽歌劇，她說，偶爾一起做點消遣對我們母女倆沒有壞處。

我們都很喜歡這齣歌劇，演女主角瑪麗莎的蘇珊娜．史蒂薇諾娃的演出棒極了。歌劇結束後，我們仍然感動莫名，久久無法言語。

「妳知道，我想到什麼嗎？」寒冷的夜裡，我媽在走往地鐵站的路上對我說。

「不知道。」我冷得牙齒打顫。

「瑪麗莎的遭遇是很悲慘的。她不愛溫弗魯，卻愛上了法蘭斯卡。但是妳有沒有想到，假如一個女人連法蘭斯卡都沒有的話，該怎麼辦？」

我媽斜斜瞥了我一眼，然後把大衣領子立起來貼緊脖子。

「如果她一直不能確定她眼前的對象是不是正確的選擇，或者是不論她認識了什麼男人到最後還是會以懷疑收場，或者是因爲她無法確定自己的決定是否正確而一直在人海中尋尋覓覓，那她該怎麼辦？」

「快告訴我答案。」我叫道。

「假如是那樣的話，棄械投降會不會比較好？找一個大家長來保護自己，會不會比較好？根本聽任命運的安排，會不會比較好？爲了追求自主、自己選擇對象，這可眞是不可承受的責任哪……」

我想我知道她在說什麼。

「我們可以自己做選擇——這就是重點所在。因此我們老是要抱怨。」我媽說：「或許我們應該把一切都當作是不可改變的：事情就是這樣子，就這樣啦，人生就是這麼一回事。這樣子，會不會比較有用？」

3

從加納利群島回來後，漢斯每兩天打一次電話給我媽；我媽每一個星期都有那麼兩、三天抱著電話不放。他們用德語交談，我有聽沒有懂，但是我看得出來，我媽每次掛上電話，總是一臉落寞。

我跟奧立佛講這些，他什麼也沒說，只聳聳肩。

幾天後，奧立佛從一本書上唸了一段話給我聽，那本書的書名叫做《X世代》：

「貧窮的有錢人：習於長期旅行的生活，願意放棄穩定工作或固定住處。喜歡與名叫賽吉或伊利亞的人大談註定無疾而終卻需以昂貴電話傳情的遠距戀愛。」

他沉默了一會兒，似乎很滿意。

「在我們眼前的例子裡，那個人叫漢斯。」

到了一月中旬，我家的傳眞機吐出一張飛往漢堡的機票確認單；我媽馬上取消所有預定的翻譯工作，完全不管她得爲此付出多麼慘痛的代價，然後再度展現她那超乎常人的離心力——

那股自她早年就把她從捷克拋往全世界的離心力。她從衣櫥裡拿出她最優質的皮箱，開始細心打理行李。突然間，她全身上下又充滿了活力，臉上一直帶著笑容。

在行動中，她宛如重生。

4

她搭早上的飛機。

清晨五點半，我媽就起床了；十五分鐘之後，我也慢吞吞從床上爬起。我媽已經在穿衣鏡前吹整頭髮了。我站在她身旁，看著鏡子中兩個天壤之別的人：我身上還穿著皺巴巴的睡衣，頭髮亂七八糟，眼皮腫腫；我媽臉上則已經畫好細膩的妝，身穿一套新的褲裝，渾身是勁。

「再見，親愛的，」她出門前親了親我：「好好照顧自己！」

「媽，祝你旅途愉快！」

我關上門，走向陽台。穿著紅色家居服的吉姆拉先生站在他家的陽台上抽菸，我假裝沒看見他。我媽上了計程車，向我揮手道別。那時我沒想到，吉姆拉先生竟也向她揮手說再見。我媽把手掌貼在車子的後窗上，計程車漸漸消失在遠處。

「去哪裡？去多久？」吉姆拉先生突然冒出兩個短短的問題。

「去漢堡。十四天。」我的聲音裡竟有一絲愧疚：「您早！」

「早。」

他把雪茄熄了，卻仍站在陽台上。我聽到吉姆拉太太在喊他。我走回屋裡，整個家突然顯得空空蕩蕩的，莫名的孤獨感襲來，我已經毫無睡意了，乾脆煮杯咖啡，看看昨天的晚報。八點的時候，我的手機響了——是奧立佛打來的，他要去上班了。

「沒睡好？」

「沒。」

「她幾點的飛機？」

「八點半。」

「不要太難過。」

「嗯。」

他沉默了一會兒。

「我有個提議，」他忽然說：「妳就搬來和我一塊住吧！」

「太麻煩了，爲了這兩星期就要搬家。我每天得去看奶奶哩。」

「我不是指這十四天，」奧立佛修正我的話：「我的意思是從今以後。」

# 第25章

羅拉在害怕什麼？——奧立佛和家長會——哈弗立卻克的一段話——戀愛中的米瑞克

1

攻下了單身漢的堡壘！英格麗發了個簡訊給我。

我太高興了，簡直想寄給她一顆飛翔的心，但是幸好我及時想起我在我的人生中不能使用任何一個這類的愚蠢圖案（我們要像印地安人那樣用繪畫文字溝通嗎？）。與此同時，我對於要和奧立佛同居這件事感到不放心。

我擔心自己的隱私問題，日常生活習慣的問題。

我擔心我們的關係很快就會從新鮮刺激變成平淡無味。

我擔心我一不小心就會被奧立佛惹毛。

我擔心我還是會繼續尋找。

2

前兩個月，一切都比期望中美好。我們倆都刻意努力。奧立佛爲了表示歡迎之意，送了我一束花、一件英國馬莎百貨公司的藍色絲質睡衣和一件白色毛巾布料的睡袍；爲了回報他，我買下了英格麗買給赫伯的那一款單人沙發座。

奧立佛非常快樂。他很可愛而且很有趣。我們像朋友般友善地互相開玩笑。

「親愛的羅拉，請相信我，我對於妳把洗髮精、好幾瓶沐浴乳、髮蠟、潤絲精、護髮用品和護膚乳液散放在我的浴缸四周眞的沒有意見。」奧立佛從浴室回來後對我說：「只有一個前提，在浴缸邊緣留一點空間擺一個葡萄酒杯和裝橄欖的小碗……」

「全能的上帝啊！一個邋遢的人卻有古板的講究！」我笑著：「最可怕的組合！」

他掐住我的喉嚨，把我推倒在床上。

「至少留十公分，羅拉！」

奧立佛讓我感受到各式各樣的小小驚喜。我下班回家走在路上，看到奧立佛公寓裡燈已亮起，我會滿心期待地加快腳步；如果是我先到家，我很清楚知道我在等著奧立佛的鑰匙在鎖孔轉動的聲音。

我們會在玄關歡迎對方。

「嗨，親愛的。」我笑著說。

「哈囉，親愛的。」奧立佛笑著擁住我：「今天過得怎樣啊？」

有一次我們在喝葡萄酒時，他又講起了有關孩子的事。

「有時候我甚至可以想像，」他說，「想像我有了小孩是怎麼回事……」

「眞的嗎？你這個一事無成的人眞的這樣想？」我用尖酸的口氣，故意學他自己說過的話來提醒他。

「我快四十歲了，」他搖搖頭，「我不想成爲我兒子學校家長會裡年紀最大的爸爸……」

這倒喚醒了我某些記憶，不過我還是得爲此親吻他一下。

我們幾乎每晚都一起上床睡覺。我們已經不像之前那麼常做愛，但即使沒有做愛，光是和奧立佛一起躺在床上就很美好了。我縮在他的臂彎裡，他會幫我搓熱我冰冷的手腳，或者輕輕用手指觸摸我的臉（我最愛這個）。

親愛的姊妹們，妳們知道什麼叫做愛？

就是有人毫無所求地在睡前撫摩妳的手掌。

3

只不過，沒有什麼事情能永遠不變。

「愛情的價值在於曾經擁有，」一個二月的晚上，奧立佛在讀哈弗立卻克的書時唸了一段話給我聽：「一個已成的夢就站在暴風雨的前方，一個未完的夢則拍拍翅膀飛往天堂。」到了三月，這兩句話就成眞了。

三月時，他已經不再引用什麼書的內容給我聽了，他深深陷進工作裡——至少他是這麼說的。他最早也要晚上八點回到家，但是大部分時候要過了九點以後。

「嗨，親愛的，」我向他打招呼，但必須努力做到讓自己聽起來沒有責怪甚至不信任的意思。

（我不可以一直想到那個小明星……）

奧立佛用奇怪的眼神看著我——好像他覺得很奇怪我爲什麼住在他家。

「哈囉哈囉。」他心不在焉，而且疲累。

三月的最後一個星期，他生病了——或者應該說是裝病。本來只是普通的傷風感冒，但是奧立佛把症狀誇張了許多。他怎麼也不肯下床，一直哀聲嘆氣，一天量五次體溫，吃很多的熱飲感冒藥和昂貴的綜合維他命（他家的醫藥箱簡直可以比一家美裝備齊全的中型野戰醫院）。

「我終於了解了爲什麼人們會說男人都得了疑心病。」我笑著對他說，因爲那天我兩度拿乾的睡衣給他，但是奧立佛很生氣。他罵我在用一種譏諷的方式輕視他明顯存在的健康問題。

幾天後，他康復了——但是他變得很討人厭。他整個晚上都不說話，而等我請他不要和我說話的時候，他卻怒斥所有的洗衣粉製造商都是白痴。

他說的笑話不再有趣。

我開始厭煩和他在一起。

而且，他又開始喝酒，實際上是每一天都喝。現在的他比以前更不重視穿著。

有一次，在非假日的晚上，他回到家已經不省人事（偶然地，就在這一天米瑞克給了我一封感人但笨拙的情書）。我走到玄關想歡迎他，但他一聲不吭地走過我，和衣躺上床，氣呼呼地把我的小袋鼠丟掉，不到幾秒鐘就睡著了。

而且，他還打呼——就像二流電影裡眼的那種誇張的呼。我放了個水桶在他的床邊，然後抓起手機，打電話給英格麗。「妳想不想看看愛情現在的樣子？」我劈頭就這樣說，也不特意壓低聲音：「想看的話，就把妳自己帶來這裡……」

4

覺得厭煩透頂的我，與英格麗站在爛醉的奧立佛旁，像兩個命運女神般俯視著他：他一身菸味和酒味。

「少女夢幻到此爲止……」英格麗拿了件被子蓋上奧立佛光溜溜的背部。

「有時我眞想變成同性戀……」我說。

英格麗擁抱我，裝作熱情無比似的撫摸我的屁股和胸部。我把她推開，拿起米瑞克寄來的信：

「……妳也許會笑我，但是我眞的覺得我的眞愛多得都快溢出來了，卻沒有對象可以付出。如果沒有一個人是值得你爲她而活而賺錢而努力的話，人生會很痛苦。我知道這對妳來說或許很困難，但是假如妳有一點點喜歡我的話，我們就可以一起好好生活，因爲我懂得珍惜愛情。我絕對不會打女人！我也有一些積蓄，不多，但夠買一間布拉格近郊的小小的舊房子。還是說，一種遠離大城市煙霧和噪音、置身乾淨的鄉村裡，並且沒有墮落的男女關係的生活並不能吸引妳？」

英格麗讀第一遍的時候微微笑著，唸第二遍時就放聲大笑了。奧立佛還打著呼。我覺得有點難過。

「嘿，英格麗，我們好像不應該笑……」我說：「這樣是對神明不敬的。」

說著說著，我自己也忍不住哈哈大笑了。

我的男女關係好像已經墮落了。

# 第26章

見過我雙親——三隻小雞——你會爲城裡新鋪的地磚感到驕傲嗎?——不給彩蛋，至少給個白蛋!

1

四月，奧立佛要帶我去見他六十五歲的雙親。

他眞的不知道，不必加上這件事，我的麻煩就已經滿到喉嚨來了嗎?問題還不夠多嗎?他四十歲，跟我媽睡過覺，酒喝得很兇，不修邊幅的外形，滿腦子可怕的想法，結交可怕的好朋友——在這些以外，我還得擔心他父母變成我的負擔。

在奧立佛的缺點淸單上，內容正在急速增加。

2

復活節假期到了，他押著我同去他父母家，他認爲，現在去拜訪他們都已經嫌晚了。在途中，他努力讓我相信我不應該把這件事當成負擔，而是一種榮譽。他這一生認識很多人，他說，但是他只介紹幾個他眞正重要的朋友給他父母親認識……

「那個小明星呢？」我直接問：「你也介紹她給他們認識嗎？」

奧立佛突然一副很專心開車的樣子。

「啊哈。」我酸溜溜地說。

3

車子停在一個小村子的一整排相同的房子前面，房子後面是一片田野。房子前的小花園照顧得很仔細。這裡眞的沒有大都市的噪音和煙霧——但我絕對不會想要住下來。奧立佛熄了火，出人意料地按了喇叭，我嚇了一跳（有時候受到類似的驚嚇，我是會起雞皮疙瘩的）。窗戶裡的小花窗簾被人撩往兩側——他父母親很快就走上前來。他們臉上掛著微笑，但是我很淸楚，他們心裡正在拿我和奧立佛以前的女朋友們做比較。

奧立佛挽著我的手，把我推向他們跟前，他臉上流露出一種我從未見過的表情，這讓我覺得他很陌生。我是第幾個客人呢？我問自己。第四個？第七個？這個遊戲他們玩過幾次了？

「妳好！」他們帶著微笑喊道。

第一印象：他父親勉強裝出快樂樣，個頭小得令人驚訝，頭髮很稀疏（這是他們家的遺傳嗎？），脖子上戴著一條令人看了就討厭的領帶。他母親很胖，但是裝扮整齊；一眼就知道努力表現出雍容高貴的模樣。她是那種會注重髮型、臉容、領口式樣和指甲的人——因爲其他部份都可以被寬鬆的衣服和絲巾蓋住……我不由自主地想像著他們兩人在床上的樣子（我眞的無法克制自己，眞的）。

「嗯，媽，這個就是羅拉。」奧立佛說。

她母親上前擁抱我，姿態感覺起來很自然而眞誠。我一時不知如何理解這樣快速就展現出來的友善，一直到我發現了客廳的架子上擺有幾本最近幾期的《淑女》雜誌時，我恍然大悟：當讀者喜歡某一本雜誌時，該雜誌的編輯群會因此受益……午餐時，我很努力地講一些我們編輯社裡的趣事（桌子的正中央擺著一盆白花，若干細香蔥，一隻復活節巧克力兎和三隻黃色小雞）。

奧立佛對我眨眼表示讚許。

4

下午，我們一起到市區散步（我不能了解他們居然把這個死氣沈沈的小村子稱爲市）。奧立佛的母親用一種令人驚訝的自然態度挽著我，奧立佛則跟著他父親走在我們三步遠的前方，我們走得好慢，不可思議得慢，所以我又覺得冷了，而且我覺得這裡看起來好像墓園。終於，來到了某廣場。

「請瞧瞧，這是新鋪的路面！」奧立佛的父親很自豪地朝我這個方向說。

就算是新路面吧。但是，所有的商店和唯一的一處咖啡館都沒有開門。我還有二十四小時要過。我和奧立佛母親聊到洗髮精和髮蠟，轉述了一點我從美髮師那裡聽來的話——這時她突然站住，用兩根手指抓起我的一束頭髮搓揉，我覺得我好像是一匹在市場待價而沽的馬。這時有位頭髮半白的婦人朝我們走來，推著放了空瓶空罐的生了鏽的推車。

「嗨，」奧立佛向她打招呼。

給你們三次機會，猜猜她是誰？

奧立佛的同學。

5

晚上大家一起看電視。看完了達斯汀・霍夫曼主演的電影之後，我便藉口頭痛先進房休息——進奧立佛學生時代的房間。

大概一個小時後，奧立佛也來了。

「怎麼樣？」他想知道。

我不知該說什麼，所以我們在沒有吵架但緊繃的氣氛中睡著了。（這晚他沒有握我的手。）

一早，奧立佛第一個起床，但他讓我繼續睡。我很感激他留給我的每一分鐘獨處時光。我又睡著了。過沒一會兒，我就被奇怪的沙沙聲音叫醒：睜開眼睛，奧立佛的父親手裡拿著一根藤樹枝站在床上。

這時候他還戴著領帶。

「哈地哈地度普瓦地安，請你請你給彩蛋！」他像個小學生似的唸起了討彩蛋的歌，我還沒來得及反應，他就把我身上的羽毛被掀起。我只穿T恤睡覺，沒有穿內褲，所以我的反應一點都不是裝的：我從床上跳起，雙手拼命把衣服的布往下拉試圖遮掩。勉強微笑著。奧立佛的父親臉紅了，但是裝作什麼都沒看到。

「如果不給彩蛋，至少給顆普通白蛋，母雞會下另一顆還！」他很勇敢地把後段的歌詞口沫橫飛唸完，並且一如習俗的，用藤條輕輕在我光溜溜的大腿上來回拍打㊟。

---

譯註：在復活節時，捷克的傳統習俗是男生要用藤枝打女生，表示爲女生帶來好運；而女生必須回送彩蛋給男生，表示感謝；此外，潑水在當天也是代表祝你好運的意思。

場面實在令人難堪。但是我手上眞的沒有蛋給人。

此時奧立佛和他母親走進來，我用求救的眼神看他——但是奧立佛從背後拿出藤枝，原本要解救我的他，卻開始打我的手，打我拉著T恤的手。好痛。

「哈地哈地度普瓦地安，請你請你給彩蛋！」他憤怒地大喊。

去他的老天爺！這兩個笨蛋到底想要從我這裡得到什麼——難道要我把我的卵巢割下來給他們嗎？就在我覺得事情好像快要結束的時候，他母親突然跳過來，拿一種便宜的香水往我頭上灑。

然後，他父母親帶著笑容離開。

我倚著牆，深呼吸，怕會散發出晨起不好聞的口臭。

「發揮一點幽默感吧。」奧立佛說。

我瞪著他的眼睛。

「我很盡力在發揮了！」我咬牙切齒對他說：「不過我眞寧願你是個沒有雙親的孤兒……」

# 第27章

## 赫伯的沮喪——愛的眞義——甜蜜的句點——羅浮宮咖啡館的童子軍

1

英格麗和赫伯分手了！

「我聽不下那些廢話了，」在奴賽兒區的市政廳餐廳吃午飯時，她向我解釋她的理由。

「所以，最後證明了他既不成熟、也不聰明博學？」我語帶諷刺地提醒她過去的迷惑。

「才不是呢，」英格麗的情緒很惡劣：「他還是那種人，但是在生活上，最會讀書的人不見得是最棒的人。」

沒錯，就像赫伯這種人。以赫伯的歷練、聰明才智和傲人的學識（如果妳們聽起來覺得我幸災樂禍，那是因爲我是在幸災樂禍），居然在和英格麗分手之後完全崩潰，現在一星期要固定去看心理醫生兩次。

「不會吧！」我很驚訝。

「是真的。去看一個姓氏是Z開頭的醫生……」

我點點頭表示佩服，英格麗咯咯咯得意笑著。我們終於報復了男人！

「奧立佛也讓我神經緊張。」我後來向英格麗透露：「我有時眞的受夠他了：那雙磨壞的鞋，永遠亂七八糟的公寓，那輛破車……」

「但這些不會傷害眞正的愛情啊……」英格麗反駁。

「理論上，妳可以這麼說——但是請想像一下，妳要每天生活在那些裡面耶！」

英格麗扮個鬼臉，看起來像是眞的在想像的樣子。

「其實我要求的眞的不多，」我很認眞地說：「兩個健康的小孩，和一個看起來不像流浪漢的男人，就這樣。或許還要一棟紅牆的白色屋子。還有壁爐。」

「我也是。還要一座小花園和一隻狗。」英格麗補充。

「還有親切的鄰居。一對老夫婦。當她烤了一些什麼，總是分一塊在盤子上，從籬笆那頭遞給我……」

「就是這樣。」英格麗說。

2

奧立佛生英格麗的氣——也等於在生我的氣。他硬說是英格麗背叛了赫伯。

「怎麼——背叛？」我不同意：「她承諾了他什麼嗎？在愛情裡有什麼是可以承諾的嗎？」

他沒有回答。

「愛情的眞正價值在於曾經擁有！」我提醒他：「一個已成的夢就站在暴風雨的前方，一個未完的夢則拍拍翅膀飛往天堂。」

奧立佛沉默。

受到赫伯和英格麗分手的影響，奧立佛在五月做出很明顯的努力：戒酒，早回家，有時送花給我。有時候還會說些蠻有意思的趣事。

並且爲我們買了到柯修拉島的旅遊假期——住的是我們去年住過的飯店。

那時我還和瑞奇在一起——妳們知道的。

3

我媽與漢斯。

我在春天時問我媽，她和漢斯交往的情形如何，她只微微一笑，聳了聳肩（我知道人都會這樣，不想多說自己的事）。他們見面的次數越來越頻繁：四月，他們去薩伏依阿爾卑斯山的冰川滑雪（漢斯和我媽一樣，滑雪技術高明）；五月底，他們飛往摩洛哥度十四天的假。

看起來，他們倆似乎都找到了理想對象。

4

星期四下午，我媽從摩洛哥飛回來。

奧立佛據稱有某個和重要客戶的約會，而且不能取消，所以英格麗代替他成爲歡迎隊伍的一員。

我們站在入境大廳面，對著鐵欄杆，手裡握著一束鬱金香。

我們極目梭巡，尋找那位面帶微笑，穿著入時，處於最美好的年齡、臉上化了妝的女士——但是，從自動門後走出來的卻是一位疲累不堪，衣服皺巴巴，腋下處還有斑點的老女人。

「媽咪！」我驚訝地脫口而出：「發生什麼事？」

「能發生什麼事？什麼事也沒發生。看起來，我又成爲自由之身了……」

英格麗很擔心地看著她。

「那是什麼意思——自由？」我小心翼翼地問。

「就像我剛才說的，」我媽擠出笑容說：「我又可以面對新的冒險和虛幻的諾言了……」

然後，她突然就落淚了。

5

簡言之：在摩洛哥共度一星期後，我媽指責漢斯，說他對於來自昔日東歐封閉地區（也就是指東德、波蘭以及，呃，捷克）的觀光客的態度過於傲慢。漢斯（在短短的停頓之後）說明，在他看來，對於那類人的粗魯行爲很自然就是會出現他那種反應；難道我媽沒注意到他們穿衣服的方式？買東西的方式？在渡輪或在飯店的自助早餐吧台的舉止？沒有發現這些人相當缺乏某種基本文化嗎？

我媽馬上說他是「隱藏的法西斯主義份子」。

漢斯很生氣，說他絕不接受這樣的侮辱。他期待著至少能得到一點感謝之意（他很神氣地用食指指甲輕敲他的金卡）。

然後，我媽把剩下的「熱愛」冰淇淋翻倒進他頭髮裡。

（好個甜蜜的句點……）

漢斯站起來，擦掉冰淇淋和熱桑椹，然後到櫃檯打電話預定最近的一班回漢堡的班機。

（親愛的姊妹們，我們別再做那些沒有用的夢了。眞實的人生就是這樣。）

6

五月還發生了哪些事嗎？

奶奶藉著一根法國楞杖的幫助，勉強可以行走了。

吉姆拉太太的情況不太樂觀——她幾乎不走出公寓了。

特莎左娃正在辦離婚。

我邀請米瑞克去羅浮宮咖啡館坐坐。

他穿了一件灰色燈芯絨褲和一件有墊肩的綠色襯衫。看起來像個童子軍隊長。我們互相說起各人心裡在想什麼，反對對方什麼。是的，我喜歡他，但只是像朋友那種喜歡。妳們知道這個的。他同時感到高興和失望，露出酸甜交雜的表情。

7

五月也是我還能夠理解這些瑣事的最後一個月了。六月初，我和奧立佛飛往柯修拉島度假十天。在那裡——所有的人都會同意——我完全瘋了。

# 第28章

棕櫚樹下的沉默──戴名牌太陽眼鏡的男人──情侶之間都會發生的問題──嫉妒要趁早

## 1

假如某人已經曬得很黑了，至少臉上應該要有笑容；一個男人頂著一張憂鬱蒼白的臉也許看起來高貴，但是，一張曬黑的憂鬱的臉卻會令人覺得好笑。

在柯修拉島上度過艷陽高照的七天之後，我和奧立佛兩個人曬得像黑人──但是我們都沒有笑容。在哈瓦小城海邊的小公園裡，在棕櫚樹的樹影下，我們氣呼呼地坐著。也許我們看起來很滑稽吧。我很渴，但是沒有力氣去找東西喝。我們沉默地等著載我們回去柯修拉島的渡輪；渡輪已經晚了一個小時了，所以情況變得更糟。

兩天前我對奧立佛說，他情緒化的程度令人無法忍受，而且我常常對於他的衣著覺得丟臉，還有他可怕的腳臭味（這也難怪：從春天起，他就開始不穿襪子而老是穿同一雙涼鞋。當他把涼鞋一脫，我實在沒辦法和他待在同一個房間裡）。我同時還請求他可不可以因爲我的關係不要再在半醒半醉時在鏡子前跳舞，因爲這實在讓人覺得丟臉。

奧立佛很吃驚，揚起了眉頭說，他很高興可以有現在這種坦然相對的難得時刻，因爲他想告訴我，好一段時間以來他早就發現我附庸風雅的傾向更變本加厲了；一點點的附庸風雅他覺得無所謂，但是我這些眞的是夠了。此外，我在這個冬天變胖了，他估計，我大概胖了三到四公斤，因此我實在應該開始做運動了。

就算我眞的胖了一點好了，但是他怎麼可以當面告訴我這個？

於是我們幾乎不和彼此說話。

我們有五天不愛對方了。

我開始覺得受夠了。

「我覺得受夠了。」我大聲地說。

奧立佛先是聳聳肩——然後點點頭。

2

然後，一艘在船桅上掛著捷克國旗的白色大遊艇出現了，就在我們前面的碼頭放下船錨。遊艇的螺旋槳猛烈攪動著綠色的水，一會兒，馬達安靜了。從駕駛艙處走出一位引人注目的三十來歲的英俊男子，戴著太陽眼鏡，只穿了一件淺色的高雅褲子，光著上身。

「天啊！」奧立佛嘆了口氣，低聲說：「這種時候還要忍受妖怪……」

我搞不清楚怎麼回事，只見他毫不猶豫地走過搖晃的甲板到船頭，拿起一圈繩索，彎下腰（他結實而平坦的腹部看不到一點皺褶），很有技巧地把繩索綁在碼頭的石杆上。現在的距離夠近了，我看得到他眼鏡的牌子（雷朋），看得到他有肌肉的上臂的金黃色細毛，以及他那只肯定很昂貴的手錶上的數字。我還注意到，他的嘴唇線條美麗並且帶有肉慾。

「哈瓦島的詹姆斯・龐德……」奧立佛語帶嘲弄，幾乎有憎惡的口氣：「正是時候……」

他轉身，摘下眼鏡，瞄了我們一眼。他有一雙黑色而深邃的眼睛，他曬得比我和奧立佛還要黑，但是他即使沒有笑容，看起來也不會滑稽。

跟我們相反。

他沒有準備動作就輕鬆裕如地從遊艇上跳到岸邊。

「嗨，奧立佛。」他平靜地說。

「嗨。」奧立佛一副不耐煩的口吻。

3

他是某家國際廣告代理公司布拉格分公司的負責人——奧立佛很有抑揚頓挫地講起這一串字眼，像個馬戲團團主在製造演出的氣氛。我們得知，他這一次是在亞得里亞海的假期航行，非常不尋常的獨自旅行。奧立佛把我介紹爲那位幾天前還在一起的女孩，但今天就不是那麼確定了。

「發生了什麼事？」他帶著令人有好感的害羞問道。

「一切都如同預期。」奧立佛冷冰冰地說：「每一段感情關係都會走到這個階段。羅拉的熱情很自然地冷卻下來，所以她會用不同於剛開始時的眼光看我。她很驚訝地發現，做爲她的伴侶的我，除了幾個以往會讓她眞正欣賞的優點以外，有很多性格和習慣是她所痛恨的。」

在奧立佛說話的時候，那個人不知所措地低下了頭。他的頭髮很濃密（奧立佛的頭髮已漸稀疏）。

「剛相戀時，羅拉心中的我是一派純淨畫面，」奧立佛繼續說：「隨著她發現了我的短處之後，她變得不安，於是把一切都變黑暗了；而且情況越來越嚴重。這對羅拉來說當然是失望的來源，但很明顯也很矛盾的是，這些卻也是快樂的來源。」

「不要再說了，拜託你。」我請求他。

「羅拉很滿足地列出我的種種短處，爲它們分類，排出秩序——我幾乎要說她是在撫弄它們了——她當然要擁有它們在手上，尤其是在她想要證明自己是清白的時候，例如不忠或諸如此類的事。這種事萬一眞的發生了，也很容易原諒她，因爲在我們的關係之中所發生的災難當然會波及我們的性生活，使得性不再是以前那樣的歡愉遊戲，而變成了一種檢討。」

「你可不可以閉嘴！」

奧立佛終於沉默。突來的安靜令人難受。

「你們住在哪間飯店？」他出於義務似的問：「你們在這裡很久了嗎？」

他的聲音安量，令人覺得舒服。

「我們住在柯修拉。」我回答，並說明了渡輪遲到的問題。

「我送你們去，一小段路而已。」他提議。

我向奧立佛投以詢問的眼神，但他只是甩甩手。他那手勢的意思是，隨便妳。

「那太好了……」我說：「但是你不就要因爲我們而改變自己的計畫嗎？」

「柯修拉在我的計畫裡。」他說。

「那太好了！」我欣喜萬分。

我感覺到我的好心情回來了。

「我今晚要去看民俗舞蹈表演。」他馬上這樣說。

我看向別的地方。奧立佛哈哈大笑。突然，他亮出了頑皮的表情（但這是騙不了我的）。

「你們知道哥德說過什麼嗎？」他同時轉向我和他：「不論在什麼情況下，第三者往往是最重要的因素。我看過因爲有人出乎意外或者在意料中進入了朋友之間、手足之間、情人或夫妻之間，結果他們的關係就產生了變化，徹底的變化。」

我對他一笑。

「你也許知道，」我含蓄地說：「奧立佛有相當獨特的提早產生嫉妒感的傾向……」

他不知所措地跟著我笑。我身體裡的蝴蝶翩翩起舞。奧立佛看著我們。

「嫉妒沒有所謂的提早產生，」他用乾巴巴的聲音表示：「因爲嫉妒出現的時候都太晚了。」

# 第29章

船在航行——嫉妒的預測——奧立佛是哈姆雷特的媽媽？——水中的世界

1

我們上船時，他向我伸出了手。這個他，不是奧立佛。

奧立佛馬上往船頭那塊藍白相間的帆布床墊躺下。我則去查看駕駛艙。他解開繩索，跟著我後面走。轉動馬達，船慢慢地駛出港口，加速，向前方兩個島嶼之間的空曠大洋駛去，隨著澎湃的浪峰跳動。因爲天氣仍然很炎熱，所以即使風颼得很強，也很舒服。

「想試試看嗎？」他轉頭問我。這是他第一次提高聲音說話，因爲要蓋過馬達聲和海浪拍打船首的啪啪作響，特別是壓過那些送我們離開的海鳥喧譁聲。我略帶猶豫地點了點頭，於是他把木頭做的船舵交給了我。我聞到他的香水味（我幾乎可以肯定那是卡文克萊的 Eternity 香水）。我們兩人的手短暫擦碰了一下，卻使得我心旌動搖。花了好一番力氣回復注意力之後，我這才發現，船會跟著船舵的移動而反應；慢慢地，我因著馬達的力量和眼前的開闊景象而覺得暢快。岸邊的白色石頭慢慢離開視線，地平線那端的柯修拉島出現了一道窄窄的線條輪廓。他一直挨在我身後站著。

我身體裡的蝴蝶愈飛愈多，它們像天鵝絨般的翅膀在顫動著。

奧立佛躺在船頭，兩臂平舉，雙眼閉上。

「我該過去他那頭了。」過了一會兒，我說。

聽起來像個問句。

他一句話也沒說，點點頭，從我手中接過船舵。

2

我脫掉外衣和上半身的泳衣（我知道他在看），然後趴在奧立佛的旁邊。他的眼睛始終閉著。

「我想要和好。」我說。

我試著用從容平穩的聲調說話，可是我的聲音聽起來還是頗激動。我撫摸奧立佛稀疏的頭髮，但他一點反應也沒有。我大聲嘆了口氣，用手肘撐起身體，看著遊艇的尖端隨著浪花滑行。我們下方的床墊有規律地隨著船身搖晃，被太陽曬燙的背部不時被濺起的海水噴到。

「妳剛才跑去開船了……」奧立佛說，眼皮動也不動：「船好幾次明顯地偏了方向，我有感覺到。」

「是的，我剛才駛了一小段，親愛的華生……感覺很好，你也去試試。」

「你們的手在船舵上互相碰到，」他說：「使得妳屏住呼吸……他就一直那樣緊緊貼在妳身後，讓妳心裡好渴望碰觸他，觸摸他那男性細膩黝黑皮膚底下非常亮眼的肌肉……」

「別鬧了，奧立佛。我剛剛說過了，我是來和解的，不是來吵架的。」

「到現在妳都還感受得到那股激動，那種長久以來沒有經歷過的興奮。妳也許以爲這種興奮是因爲速度、開闊的景色和風中的鹹味而起。但是在靈魂深處妳知道，是因爲他。」

「你需要心理醫生。」

「一會兒之前妳脫掉了上衣——我聽到了，」奧立佛的眼皮一直沒有打開：「我拿一千元打賭，妳連胸罩也脫掉了……」

我不說話。

「我說錯了嗎？」

他突然睜開眼睛，看著我的胸部。我臉紅了。

「妳臉變紅了——妳知道嗎？」

「不要管我！」

奧立佛轉過頭去，凝視地平線某處。

「今天晚上他邀請我們去看民俗舞蹈表演。」過了一會兒，他說：「我敢打賭。我一開始會拒絕，但是妳會說服我。妳將會坐在我們中間，我會穿我發臭的涼鞋、髒兮兮的短褲，和領子都磨破了的可怕襯衫。而他會穿Camel黑色平底皮鞋、Reply的牛仔褲、Next的黑色獵衫以及Hugo Boss的白色夏季薄西裝。然後他會用這件外套殷勤地披在妳受涼的裸露的肩膀上。他和黑國王相像的地方——

「——將會獲得證明，但我們所有人都會裝作沒有感覺到什麼象徵性的事物發生。」我帶著假裝的優勢說：「OK。隨便你。」

奧立佛很滿意地點點頭。

「在表演結束後，妳會在突然的**衝動**下邀請我們去喝一杯。」他繼續。

「當然。那將只是一種自然的、一時興起的主意……」

「那麼，我們會在最近的酒吧裡每人喝兩杯李子酒，之後你們倆會感覺到強烈的**飢餓感**，強烈得**抵擋不住**……幸好，他知道不遠處有一家海鮮餐廳，去年他在那裡吃過**很棒的魚**……這一次是他請我們吃飯。晚餐我們會喝三杯**葡萄酒**。早晚我因而必須去上洗手間，所以妳就會有足夠的時間以迅雷不及掩耳的速度，從隔壁桌借來一支原子筆，然後在餐巾上寫下電話號碼給他。」

「我不想聽這些。」我十分堅決地說，然後站起身。

「看來是不來不，」奧立佛陰鬱地指出：「我不但會聽到這些，也會看到你自食其果。」

3

所以我們沒辦法去看民俗舞蹈表演了。

儘管我很想去。

儘管他的確邀請了我們。

「不去了，謝謝。」我拒絕了他這項令人困擾的提議：「對奧立佛來說，這個表演似乎含有誤導性的象徵意義……在這方面他非常敏感。」

他一臉不解和失望的樣子（我必須說，這兩者的表情組合在他臉上流露出來眞是好看極了）。

「我是個只求安逸的人，甚至可能已經變成一個懶惰的中年男人了。」奧立佛在提出解釋的同時也攬住了我的腰，像是在顯示他對我的所有權似的，他這可憐人，馬上把眼睛移往別處：「光想到我必須爲了爭取我的女人而花力氣**搏鬥**，我就覺得**害怕**，我更怕的是，萬一那搏鬥過程必須用那麼戲劇化的方式**出現**……」

「你要不要吃點什麼來鎭定神經呢？例如 Hysteps 藥？」我**開玩笑**說。（事實上，我還是不甘心就這樣不和他一起去看民俗舞蹈表演。）

但是奧立佛不退讓，又搖了搖頭。

「我會覺得我自己好像是業餘演員所表演的哈姆雷特的母親……」

我無可奈何，只好聳聳肩。我和他四目相接，我們倆都知道，後天我和奧立佛就要離開了。

「那你們明天要做什麼？」他的語氣近乎是憂愁了。

他明天要潛水，不強迫我們，但不知我們想不想繞著小島逛逛？或許加個中午的便餐？

「怎麼樣——我們去嗎？」我直接問了，不理睬奧立佛的閃閃躲躲：「還是你覺得連潛水也富有象徵意義？」

「那……好吧……」奧立佛說：「我們去。」

4

「要照相嗎？要不要帶相機？」早上我們在飯店房間裡準備出發前，奧立佛問我。

我正在準備三個大的乳酪三明治，每一個我都特別用心做，很**溫柔地**用餐巾紙包好。我很快地看他一眼：看起來好像不是在諷刺，表情很眞實。

「隨便。」我嘴巴上這樣說，但是心裡希望他願意帶相機。

「那我就帶著它囉？」他友善地建議。

「好。」我對他笑。

奧立佛擁住我，然後深深吸了一口氣。我撫摸他的背。

「昨天對不起，」他輕聲說：「我的舉止像個白痴。」

我親吻了他，彷彿藉由這個動作就可以消除我的罪惡感。

5

這次的氣氛好多了。奧立佛很努力，並且在好一段時間過後又恢復成爲一個有趣的人。我們喝著眞正的法國香檳（瓶子放在裝滿冰塊的銀桶裡），配上鮭魚麵包和我做的三明治。大海一片蔚藍，陽光炎炎。

「有錢眞不錯。」我大聲表示。

「上輩子我一定是個富有的貴族，」奧立佛說：「我會這樣猜是因爲，我對於這樣的生活並不會適應不良。」

之後我們在船頭照相。他先幫我和奧立佛照相，然後我幫他們照相。他們倆都光著上半身，從照相機的取景窗裡所得到的對比，奧立佛沒有什麼可以恭維之處。

「快點。」他催促著我。

我按下快門。

我多麼希望擁有一張我和他的合照——但我不敢拜託奧立佛幫忙拍。

6

親愛的女人們，妳們曾經和一位妳們剛剛看對眼的男人一塊兒潛水嗎？

過程大致如下：他會在岸邊幫妳們在腳上套上長長的彩色潛水蛙鞋。妳們只需要拖著它們走幾公尺的路，但會使妳們覺得自己像一隻笨手笨腳的肥鴨。到了水裡，他幫妳們戴上醜陋的大型潛水鏡，把妳們的頭推進水平面下，確認潛水鏡不會漏水。妳們吐出鹹水，心想頭髮完全塌下來的自己看起來不知道是什麼樣子，而使妳們動心的那個男人正在爲妳們調緊潛水鏡。然後他告訴妳們，海底的景象會因爲陽光的折射作用（這幾個字聽起來多麼詩意）而扭曲，然後他把某個像是拳擊手使用的牙套插進妳們的嘴裡，因此妳們的上嘴唇看起來像被蜜蜂叮過似的。然後他又把妳們的頭按入水中——當妳們睜開眼睛並且開始呼吸（出乎意料地做到了），妳們確定這是美麗的。

妳們游在藍色的空無之中，海水安全地抬起妳們。

數十隻五彩繽紛的魚在妳們四周游來繞去。

妳們一輩子從未看過的植物隨著海底的潮流起伏。

他會因爲妳們的驚訝而感到高興。好幾次他沒入水中直到海底，爲妳們撈取貝殼。妳們當然沒辦法說話，於是只能用眼神交談——以及羞怯地觸摸。例如當妳們游近岸邊時，他會拉起妳們的手，帶著妳們走避那些尖銳的石頭。你們的臉如此靠近，使得妳們會責怪自己沒有買防水的化妝品。當妳們終於浮上了水面，整張臉脹大了，被鹽醃泡過，留下紅紅的被潛水鏡壓過的痕跡——但是妳們覺得自己是幸福的。

如此幸福，幸福到妳們找了個最近的最佳的時機，偷偷把妳們的手機號碼塞給他。

# 第30章

濕了的女用內褲—愛與恨—太複雜的問題—照出了羅拉的欲望

1

「事情怎麼樣啊？」媽媽星期六一下飛機便問我。

「嗯，很好……」我說。

我媽把頭一偏，丟給奧立佛一個詢問的眼光。

奧立佛聳聳肩膀。

2

今天我還打電話給自己常去的美容院，預約了最接近的時間，刮了蹊部的毛和腿毛。我也考慮去找馬札瑞克醫生洗牙，可是一想到他那些淫穢的話，我寧願去買潔白牙膏。我順道去了奶奶那裡，但是沒辦法集中精神聽她說的話，只能心不在焉地點頭。我回到家洗衣服，然後拿到陽台去晾。同時，有一句沒一句地和吉姆拉先生聊天：化療應該是有效的，我太太好一點了。奧立佛的襪子、我的內褲和小可愛在濕了的時候比它們平常的樣子糟糕。回到屋內，再度檢查手機。

沒有任何來電。

沒有新訊息。

爲什麼不打電話？

趁奧立佛上廁所的時候，我從照相機卸下底片，把它放進皮包裡，好拿到市區沖洗。然後我走向一堆從行李箱拿出來的東西。在奧立佛沖水之前，我摸了摸貝殼。

還感覺得到海洋。

3

終於在星期天的早上，一封簡訊進來：

我心裡還很激動。想和妳一起潛水。

我太興奮了，馬上進去浴缸泡澡。我拿起蓮蓬頭，舒舒服服地自慰了三次。（好啊好啦，親愛的女人們，我知道，妳們也會這樣做的……）

我打電話給英格麗，邀她去羅浮宮餐廳吃午飯。我在那裡對她傾吐一切：我可能眞的遇上了**完美的男人**；他很棒；很**有型**。我說到了我們相識的情況和結件潛水的事。光是對他講述這些就讓我覺得十分滿足。通常我不會說這麼多話，但現在我感覺我好像可以對英格麗一遍又一遍地說。

「我想我愛他。」我說。

我說出這幾個字，想要聽聽它們會發出怎麼樣的聲音。

「笨蛋，」英格麗插嘴：「妳愛的是他的遊艇、他的名錶，和那個裝香檳的銀桶。這根本不是眞的愛……」

「奧立佛也這麼說。我們以前總是嘲笑名牌的東西。但是我跟妳講一件事：我發現這不但沒有關係，我甚至還很喜歡名牌。名牌的確有**一點什麼東西**。沒辦法，它們……很**優雅**。」

「妳講話很像妳媽。」英格麗如此認爲。

## 4

晚上，我和奧立佛一起去看電影，奧立佛的衣著完全不優雅。他的上衣有破洞，還沾著爆玉米花屑。幸好大廳的燈光這時已經轉暗，正要放映廣告片。

「萬歲，廣告！」奧立佛和往常一樣開心叫著。

重複的笑話不是笑話。我到這裡來應該要關掉手機，但我發現自己不想關。

他說不定會打電話來。

說不定不會。

奧立佛按照我們的看電影慣例爲我清潔鏡片。但是今天我沒有把頭倚在他肩膀上，只有用手輕輕碰了碰他的膝蓋就把手移開。再多我就做不到了。這是部喜劇片，戲院裡從頭笑到尾。但是我只能勉強自己稍微笑一笑。事實上我完全不知道這部電影在演什麼。

「妳不喜歡嗎？」看完電影，奧立佛問我。

「喜歡啊。」我敷衍了一下。

但是他直視我的雙眼。

「妳怎麼了？」他想知道。

聽起來已經有些急躁。

「沒事。」

有那麼個瞬間，他看起來很不快樂，我覺得很抱歉。我發現我還是喜歡他的。他提議一起去哪裡**吃一頓**。「吃一頓」這幾個字，是奧立佛想要討好我的時候的習慣性表達方式，所以我最好同意（給妳們做參考：「去吃晚飯」在奧立佛的字典裡意味著到最近的酒館點杯啤酒和炸乳酪；

「去吃一頓」則意味著去最近的比薩店點兩瓶葡萄酒和一百五十元以下的食物)。

我們去了一家位在查理廣場的比薩店。正當奧立佛在品嚐葡萄酒時，從我的皮包裡傳來小小聲的嗶嗶響。我楞住了。

「都很好，」奧立佛這樣對服務生說，但是眼睛一直看著我。

我假裝不在乎地查看皮包：手機的螢幕還亮著，我按了按鈕：

我好想妳。如果可以，打電話給我。

我的心碰碰跳著，血液衝到頭頂。我們舉杯的時候，我的手明顯地在顫抖。

「是壞消息嗎？」奧立佛挖苦我。

我恨他。我沒有回答，把手中玻璃杯中的紅酒一口喝乾。

「是他嗎？」

我沒辦法否認。

「什麼，」奧立佛驚訝地說，「妳**就這樣**給了他電話號碼？」

他的憤怒與叫聲都提高了。

「妳**背著我**，把妳自己的電話號碼給了他？」

「是的。」

剩下的晚餐時間，我們兩人沉默不語。簡直無法忍受。

奧立佛的身體一直往裡縮，最後，他把刀叉往盤子一丟，從椅子上站起來。

「我現在去廁所。」他咬牙切齒地說：「妳可以打電話給他……」

「好。」我說。

我打開皮包，抓住手機等著。奧立佛急急轉身離開。我的目光跟著他，直到他消失在轉角，然後我撥起了簡訊所顯示的電話號碼。

「是我，」我急促地說：「我很想見你……」

他邀請我共進晚餐——明天，在**殖民地餐館**。

我是幸福的。

5

星期一早上，我拿底片去柯達沖印店沖洗。

「全部都洗，還是只洗拍得好的？」坐在櫃檯後的紅髮女孩想知道。

「只洗拍得好的，」我說，但是我馬上修正自己：「還是全部都洗好了！」比較保險。

「霧面，或是亮面？」

「亮面，」我說：「當然是亮面。」

霧面這個詞完全不適用於他。

6

我從雜誌社打個電話給英格麗，為了製造不在場證明。

「今晚我們一起吃晚飯，我們兩個。但是妳好像不在那裡。懂嗎？」

聽到我說話的米瑞克和弗拉絲塔懷疑地轉向我，我回了他們一個意味深長的笑。

「我假設妳知道自己在做什麼，」英格麗擔心地說：「妳有沒有意識到，親愛的，事情會以上床收尾？」

「我有沒有**意識**到？」我重複她的話：「我就是這麼**盼望**著！」

英格麗沉默。

「那，奧立佛怎麼辦？」過了一會兒，她問。

米瑞克一直在注意我。

「我不知道，奧立佛怎麼辦……」我低聲說：「如果妳是我最好的朋友，就請妳好心，別再問我這種複雜的問題！」

米瑞克搖搖頭。

## 7

下班途中，我在柯達沖印店停留了一下。若知道只是爲了一張照片，我的興奮就顯得有些不協調。一走出店門，我馬上把袋子打開，迅速瀏覽，每一張都很好看而且清晰鮮明。我笑著走進人群裡。大部分的照片裡都是我，有幾張是我和奧立佛，而我是屏住呼吸的。

在下一張照片是奧立佛——和他。

我愛他，我腦子裡閃過這過感覺。

突然，有人從後面抱住我，我嚇一跳轉過身去。我前面站著奧立佛。

我看著他，他在笑；下班之後跑去找我，他解釋。要不要去喝杯咖啡？他問。

我說，我不能去。我要和英格麗吃晚餐，我得去換衣服。

# 第31章

經實驗證明有效的家庭幸福配方——魔力十足的波斯風味——高潮尖叫——薰人的威士忌——法國式優雅

1

「我想，這不是眞的。」奧立佛帶著笑在家裡對我說。

「什麼東西不是眞的？」我愼重地問。

「妳說你是和英格麗去吃晚餐。」

我們站在玄關的鏡子前（我身上是裙子和我最漂亮的胸罩）。

「不是？」我回他一笑：「那你打電話給她，問她就知道了。」

爲什麼總是要這樣撒謊？

「我想，妳是和他出去了。」

我們吵了起來……假如是爲了別的比較令人開心的事，吵架有時也很有趣的。

「我就是和他吃晚飯去了。」我冷靜地說，沉醉於自己的冷酷：「我跟你說我是和英格麗吃飯，只是爲了給你一個滿意的解釋，我不想要你難過。」

「妳眞好心。」奧立佛說。

他刻意保持著平靜的聲調，但是顯然他的內心在沸騰。

「我很清楚知道這是怎麼回事……」我帶有惡意地暗示那個小明星——然後我突然變得很兇，這不是我原先計畫的。

「你跟她睡過？」我直視著他的眼睛問：「你和我在一起時的這段時間裡，你跟她睡過，對不對？」

奧立佛一臉吃驚，但什麼都不說。

我當然感覺到了，我只是不想說出口而已。他這種間接承認的態度，使得我打從心裡憤怒起來。

「你看，你這混蛋！」我對他吼著。

他低下頭。

「都是你，都是你自己破壞的。」我一點也不留情地罵他。

他鬱悶地看著我穿上低領上衣。他這個人會害得我很緊張，我最好還是離開。

「別走，」奧立佛低聲說：「拜託你。」

我輕蔑地冷笑一番。我向來受不了低聲下氣的男人。我穿上運動鞋，檢查了皮包裡的東西。

「你幾點回來？」他一臉愁苦。

「我不知道。」我說：「別擔心：如果我到早上沒回來，明天我會請快遞送花來給你的……」

「請不要在這種話題上開玩笑。」

「我沒有開玩笑。」

奧立佛嚥了一口口水。

「如果你午夜之前還不回來，就不用回來了。」

我火了。

「你自己呢？」我大叫：「你就可以騙我？男人可以外遇——女人就不可以？！」

「沒錯，」奧立佛冷冰冰地說：「這是一道經過驗證的公式，是經過好幾個世紀試驗的模式。過去以來好幾代的家庭幸福都建立在這個模式上——所以，妳他媽的別想改變它！」

我這無言以對，索性甩了門離開，奧立佛馬上把門打開：

「午夜之前回來！」他在我身後大喊。

2

我坐上計程車，在河邊下車，走了一段路，想讓自己平靜下來。天色還挺亮的，伏耳他瓦河上吹著風，深綠色的河面佈滿了水鳥。快要八點半了。

我還有三個半小時的時間可以考慮。

3

我一走進去就看到了他。他站起來（奧立佛在我進門時從來不會站起來），走到我對面，替我脫下外套（奧立佛通常都會忘記）。他好香，我可以肯定那是迪奧的 Fahrenheit 香水（奧立佛瞧不起名牌香水）。他身上穿的是不會發皺的 Gianfranco Ferre 的深灰色夏季西裝和一件同色系的絲質敞領襯衫（奧立佛唯一的一套捷克國產西裝 Prostejov 已經穿了十一年了）。他很紳士地替我挪開椅子，安頓我坐下（奧立佛連作夢都不會想到要這樣做）。

然後，他對我笑。

「妳今天看起來好極了！」他說。

我環顧了室內帶有異國風味（波斯風，他說）的裝潢，很滿意。隔壁桌的目光讓我感覺很好。我點了**烤茄子和鳳梨烤蝦**當前菜，他則點了中東風味的沙拉和蒜味起司烤羊肉，波本酒做為開胃酒，配主菜的則是紅酒。最後我點了**灑上烤無花果的冰淇淋**當點心。

我媽一定也會爲我高興的。

十點半，他用金卡付了帳（奧立佛付錢的時候，都是用皺皺的紙鈔和與面紙、口香糖、止痛劑、電車月票擠在口袋裡的銅板）。然後我們到附近的 BUGSY'S 酒吧。這裡客滿，看來沒有希望找到座位；但過了一會兒，他居然弄到了一張空桌（奧立佛——如果他走錯路來到這裡的話——不會得到這樣的東西）。我點了一杯叫做**高潮尖叫**的調酒（奧立佛一定會認爲沒品味）；他點了一杯十八年的陳年威士忌——酒的牌子我不會發音——然後說起這種酒的製造過程。眞的很有趣，請想像一下，親愛的女人們，潮濕發芽的大麥首先必須在熱空氣中弄乾，用泥炭燻，這會在穀物內留下香香的煙燻味；然後把大麥芽磨碎，放在桶裡和熱水混合。妳們知道這個嗎？我不知道。與熱水混合後的沉澱物變成麥芽糖，經過分解後的濃稠物則是所謂的麥芽漿；然後加進酵母，進行**發酵**——發酵，好性感的字眼，妳們不覺得嗎？發酵後的產物放進銅罐裡經過兩次蒸餾，最後過程所流出來的叫做年輕的威士忌，還必須放在橡木桶裡至少三年讓它熟透。

我沒辦法把眼神移開；他是那麼聰明，懂那麼多東西。

我覺得我這輩子從來沒聽說過這麼有趣的事。

4

他獨自住在布拉格近郊自己的別墅裡。

他的奧迪A6平穩快速地在公路上奔馳，引擎靜靜轉動著。他打開音樂。

「你那裡有壁爐嗎？」我問。

他帶著笑容點頭。

「你會在壁爐點火嗎？」我馬上興奮起來。

在八月嗎？他的目光這樣詢問。

「很愚蠢，我知道。」我有點受傷：「那至少有蠟燭吧？」我問。

他一副「妳很好玩」的眼神看著我。

「我愛蠟燭！」我熱情地說。

他一句話也沒說，轉到最近的加油站停車，熄火，下車。我坐在暗暗的車裡，只見收音機的顯示燈閃啊閃的。我太興奮了，所以什麼都好。

他一會兒回來了，帶著三包蠟燭。

5

夜晚很溫暖，我們坐在屋外的陽台上。他取來了法國香檳（就是我們在遊艇上喝的那個廠牌）和兩個高腳杯。我點起蠟燭，把它們沿著大理石階排列好，燭光迎風晃動。我們都不說話。暗忽忽的遠處傳來午夜的鐘聲。

「鐘響，鐘在響，亞爾比翁在呼喊……」我說。

「嘿，」他笑了起來：「妳知道這個？」

他害羞地把臉轉開，然後用法文唸出阿波里奈的詩：

Mon beau tzigane mon amant（**我美麗的波希米亞愛人**）

Ecoute les cloches qui sonnent（**聽那鐘聲響亮**）

Nous nous aimions eperdument（**我們熱情相戀**）

Croyant n'etre vus de personne……（**相信無人可以看見**）

這首詩還有三節，我一個字都聽不懂，但是聲音聽起來很美。

那麼美，美得我必須親吻他，而他回應了我的吻。我們開始脫衣服。

## 6

早上我們又做了一次。我煎了鬆餅，我們一起吃早餐。然後他送我去上班，在分手時他親吻我，保證在午餐前打電話給我。

結果他沒有打來。

我有點緊張。我甚至帶著手機上廁所。不知道該怎麼辦。*打電話給我，拜託*；我在下午一點鐘寄了簡訊給他，但是手機一直沉默。在兩點半時，手機終於響了。我立即動員了我全部的愉快、放鬆、不加思索。

奧立佛——螢幕如此顯示。

我遲疑了一會兒，思索著要不要回電話，最後還是無奈地按了一下按鈕，我潛意識裡等著奧立佛對我大叫，所以寧可把話筒拿離耳朵遠一些。

但是奧立佛說得很小聲——我幾乎聽不到。

他說，叫英格麗或是赫伯來拿我的東西。

然後就掛電話了。

## 二〇〇〇年五月二十二日，於布拉格

親愛的羅拉：

星期天下午我看了布拉格馬拉松賽。我到晚了，只看到殿後的隊伍——那幾個跑者有的已經開始用走的，有幾個還撐著在跑，但是身體在抽搐，看起來很不自然（假如不知道這些人已經疲乏至極，就會覺得他們的樣子很滑稽）。我看著他們滿是汗水、疲累不堪的臉孔，揣想著他們此時的感覺。他們一定早就心裡有數，不管再怎麼意志堅強，也不可能得到好名次，更不可能拿冠軍——但是天知道為什麼他們還要那樣辛苦地追求那遙不可及的目標……我沒辦法為他們鼓掌，也沒辦法大聲為他們加油（好一陣子以來，我都無法把自己的情感和情緒表達出來），但我敢說，我比其他那些吶喊加油的幾百位觀衆都更能將心比心。（那些加油的觀衆心中藏著一種優越感，認為自己可以贏過這些個殿後的人，但他們可能連賽程的四分之一都跑不完……。）原本我以為，在市區散散步可以消愁解悶，但我竟然更難過了。我覺得好悲哀。因為我知道，不得不維持失敗者的姿勢是多麼苦澀的事。到最後，汗和眼淚的味道是一樣的。

或許妳會說，為什麼我還不放棄？為什麼我一直寫信給妳，不在乎這麼久以來只徒然製造了「笑」果？也許這就像世界上有幾百萬人，明明被警告了幾千次，卻還是一次又一次要打開標題叫做 I LOVE YOU 或是 NEW LOVE 的電子郵件：那是因為，他們對愛的渴望是如此強烈（不管他們自己願不願意承認），使得他們寧願面對檔案無法恢復的危險，也不要帶著對病毒的懼怕而刪除掉眞正的情書。他們一輩子沒有收過這樣的信——但他們並不放棄希望。

我們向愛情敞開心胸——而愛情使我們受傷。

我沒辦法不想妳：想妳那永遠冰冷的手，妳那蒼白的臉孔。想妳脖子上金黃色的細毛，妳右膝蓋的那道小疤……想妳如何壓住裙子，在妳下車時。

妳早晨淋浴時如何閉著雙眼。

如何睡覺。如何呼吸。

如何活著。

我也還在做白日夢（Z醫生一定不會喜歡我這樣，因爲他說做白日夢是一種逃避現實的幼稚行爲）。在電影院裡面的時候（我當然是一個人），我想像妳和以前一樣坐在我左手邊，把眼鏡遞給我，然後我用面紙擦拭鏡片，交還給妳，妳再把它戴上。燈光熄了，我在昏暗中一直注視著妳的側面——然後取笑你一番。妳感受到我的目光，轉身對我靦腆一笑，最後，輕輕地把頭倚靠在我肩膀上，把手伸過來，放在我的膝頭。

我們是屬於彼此的，羅拉。

我愛妳。請回來。

奧立佛

# 第32章

另一半離開以後，你的愛情是什麼顏色？——爲什麼，爲什麼奧立佛並不覺得痛苦？——運動型的營養師——吉姆拉登場

1

第二天他沒有打電話給我，第三天也沒有。

接下來的幾天也沒有。

我每天看他的照片好幾次。

我一閉上眼睛就看到手機螢幕。

晚上我抱著枕頭哭，我媽什麼也不問，但是她什麼都知道。偶爾我會突然接觸到她注視我的目光。我們在廚房門口相撞，她先開口說對不起。

2

我在讀德國心理治療派作家桃樂絲・沃芙博士所寫的書：《當另一半離開你》。這書是英格麗給我的（原本她打算買來送給赫伯，但是赫伯不要，所以只好給我……）。書的折口簡介處說，讀者將會領悟到以下各項：

如何擺脫痛苦和絕望；
如何從愁苦和仇恨心情中解脫；
如何克服自我懷疑，增進自信心；
如何戰勝罪惡感；
如何重拾生活的樂趣；
如何重新出發，找到一段關係良好的新感情；

這些建議能有啥用。

雜誌社裡面的狀況爛透了。羅瑪娜生病了，所以我必須代理她的專欄十四天。我得寫出諸如〈我厭倦了牛仔布料的衣服〉和〈儲物空間不夠時，怎麼辦？〉之類的文章。我幾乎都不說話。弗拉絲塔和絲登卡想替我解悶，每天興高采烈談論電視連續劇《愛的顏色》的最新進展：奧拉對迪亞哥生氣，因他沒告訴她說他有兄弟；希爾和卡黛麗的婚禮籌備好了，但卡黛麗兒居然跟艾勒沙跳了一整個晚上的舞。希爾等待她，怎麼也等不到她回家。愛麗和馬丁之間就要結束了，電話突然響起，對方說達迪眼睛看不見了，珮碧娜流產了，她把所有罪過歸給迪亞哥……我聽得興趣索然，但這些毫無意義的話激起我瞬間的狂怒。

「佩碧娜說得沒錯，」我咬牙切齒地說：「所有的男人是豬，都應該被閹掉！」

3

到了週末，我邀英格麗一起搭計程車，拜託她幫我去拿我放在奧立佛那裡的東西。

「我希望，他好歹覺得有一點點痛苦吧？」稍晚，英格麗和我一起把我所有的塑膠袋和箱子從計程車上卸下來，搬上樓的時候，我這樣問她（我當然是完全不關心奧立佛，但是，親愛的女人們，妳們也了解的嘛，總還是會有那麼一絲好奇心的。）英格麗聳了聳肩，想了一下。

「十分平常。」

「妳的意思是說，那個混蛋一點都不覺得痛苦？」我說：「他看起來怎麼樣？」

我認識英格麗，聽她這樣說我知道她沒有在開玩笑。

「他喝得醉醺醺的？」

「或許吧。沒有很醉。一點點啦。」

「一個人嗎？」

英格麗過了一會兒才回答：「不是。」

我簡短向她形容了一下小明星的樣子。

「對。」英格麗說：「就是她。」

我不相信自己的耳朵。這意思不是說奧立佛對我還有某些意義，可是……這個卑鄙的世界。

4

我媽從櫥櫃裡拿出一瓶紅酒「三美神」（這是她從年輕時候就喜歡到現在的酒廠牌子），技巧純熟地打開，並倒給每一個人。我們坐在廚房裡閒扯。英格麗說起了她和這個與她住在一起的學生男友之間的問題。以下背景資料僅供參考：英格麗現在已經沒辦法一個人住了，她無法想像她旁邊的枕頭是空的……因此她一認識了男人就馬上帶回她家住。

No comment。（「不予置評」）

最近這個叫做奧得，是個運動員。事實上他沒有多少時間陪英格麗，因爲一方面他還在唸書（體育大學），另一方面在做**鐵人**的鍛鍊。他每天騎自行車兩小時，然後跑步，每天最少跑十公里；星期三和星期天則以游泳代替跑步。有時英格麗會跟著他去游泳池，但是他完全不管她，因爲他必須來回游六十趟。

提到游泳，我想起了和他一起潛水的樣子。我深呼吸，讓自己不要哭。

「我完全理解他，」英格麗點著頭說：「他還剩幾年？五年？十年？運動員的壽命只到三十歲，最多三十五歲。那然後就……」

她喝了一口酒，再幫我們斟滿酒。

「運動員的命運其實跟我們女人一樣悲慘……」她大聲說出她的想法。

我媽笑得很勇敢。

「我會和他在一起，也許是因爲我願意支持他……」英格麗自顧自思索著答案，沒注意到我媽的表情變得怪怪的。

一開始葡萄酒讓我放鬆了，但是喝到了第三杯，我就承受不住我對他的思念了。我感覺到我的眼眶濕了。我媽起身去拿一包開心果，英格麗坐在我的膝上，撫摸著我的背。

「我大概在一個月前也認識了一個運動員。」我媽突然開口說話，意味深長地抬抬眉頭：「**已婚**的運動員……」

「**已婚**？」英格麗憤怒地說：「不會吧，雅娜……」

我媽微笑，然後謹慎地說（她通常不會透露這些事）：他叫希利，是位營養師，他們有時會去城裡吃午飯或喝咖啡。他們上床，但一星期只有一次——具體一點說，是在星期二晚上，當營養師去打壁球時。

她的開誠布公實在很不尋常，我覺得是因爲她喝了酒，再加上她想逗我開心。

「他來**這裡**嗎？」我吃驚地問。

我媽點點頭。

「等等，」英格麗叫著：「他和妳上床——之後，再去**打壁球**？」

「不是啦，」我媽解釋：「壁球只是藉口。」

英格麗看起來大大鬆了一口氣。

「但是他當然還是得穿上運動服裝的。」我媽輕描淡寫繼續說：「還有鞋子和球拍……」

「那當然要囉……」英格麗輕視地說。

「最後，」我媽嘿嘿笑：「把衣服弄濕……」

「弄**濕**？」英格麗大叫。

我們倆疑惑地看著我媽，我媽抬起下巴，朝向窗台上的澆花器。

「那裡的澆花器。」她解釋：「爲了瞞過他太太……讓她不會起疑心。」

英格麗站起來，走到那邊拿起澆花器查看。

「還沒說完——」我媽冷笑。

我們等待著下文。

「把這澆花器裝滿水，」我媽輕咳了一下：「在水裡放點鹽巴……這樣子的效果會更可信。」

她臉上的嘲諷表情突然消失了。

她馬上變得很哀傷。

5

「還有酒嗎，媽？」我問。

我媽拿來第二瓶酒。她一打開，我馬上就喝一大口。

「天啊，這些**男人**……」英格麗搖搖頭。

她顯然還沒走出我媽剛才的故事。

「我曾經和一個小氣鬼男人在一起。」她說：「我們看電影的時候，各買各的票。這個我以前說過。或者是他在來我家的路上幫我買《柯夢波丹》雜誌——然後叫我付錢……妳們相信嗎？」

「**小氣**恐怕是最糟糕的了……」我媽如此評論。

「在我那裡住了大約一個月，」英格麗回憶：「他用他自己的肥皀和牙膏。但，聽清楚：他整整一個月都使用**同一條**牙線！」

「不會吧！」我媽不相信。

「我發誓這是眞的！我偷偷注意他，他每晚都把自己的全套盥洗用具放進一個黑色塑膠包裡，那條牙線也放在那裡，在最旁邊的口袋裡。他用過後都把它洗一洗再放回原處。」

「噁心。」我媽打了個哆嗦。

我處於喝醉的邊緣，我一會兒覺得腦袋還很清醒——馬上又覺得很沉重。

「爲什麼我這麼找不到人愛？」我自憐自艾地大聲嚷嚷：「爲什麼？」

「傻瓜，」英格麗說：「奧立佛不就一直愛著妳嗎——我打賭。」

「或者傑夫——難道傑夫不愛妳嗎？」我媽補充說。

傑夫是愛我的，我必須承認。都是我自己要離開他的。

我們拋棄了別人——卻也把自己拋棄了。

「是的，傑夫愛我，」我酸溜溜地說：「只要我不忘記幫他買**《紐約時報》**、花生醬或**軟糖**……」

有人按電鈴按了好久好久；我們都嚇了一跳。我媽看了我一眼，然後去開門。結果，是吉姆拉——我聽到我媽向他問好。我忽然想到，至少有兩個星期沒看到他了。玄關那裡是怪異的安靜。我用肩膀碰一下英格麗，然後上前去瞧瞧。

吉姆拉背對我站著，他擁著我媽，而他厚厚的肩膀抖個不停——乍看之下顯得很滑稽。我馬上想到他跪在我媽大腿之間的模樣，肥胖而且光溜溜的屁股朝向天花板……眞是幅可怕的畫面。

我媽很嚴肅地看我，同時拍著吉姆拉的背。吉姆拉大聲哭，看起來不太好。

「你好，吉姆拉先生？」我有點不好意思，聲音裡有擔憂。

吉姆拉轉過來看我，一張哭腫了的臉溼淋淋的，並且緊咬著嘴唇。

「她今天早上，走了。」他說。

# 第33章

安慰亡魂的雞湯——分手後會拉肚子嗎？——接受自己的絕望！——如何在住宅區發洩怒氣？

1

我媽參加了葬禮，我不管她再三懇求，說不去就不去。

「一直都是我帶奶奶去墓園的，」我反駁道：「這回輪到妳了。」

當我看到我媽一身縞素，穿上她在我爸葬禮上所穿的服裝，我眞覺得夠了！

接下來，她每個星期裡都會有兩天把在家裡煮好的湯，裝在鍋子裡，帶去給吉姆拉先生——

但是，做了這件事之後，對她來說整件事情到此結束。她說，她不要介入此事，她已經做得夠多了。

## 2

我自己已經有夠多事要擔心了。我做了《當另一半離開你》這本書裡面的心理測驗：

分手之後你出現了拉肚子的情形嗎？是。便秘？是。失去了對性的需求？否，情況完全相反。頭痛？是。胸口會悶悶的？是。睡眠失調？是。注意力渙散？是。內心有壓力感？是。心跳加速？是。淚水無法控制？是。盜汗？是。有酗酒的傾向？是！內心不平靜？是的是的!!對外在事物無動於衷？是的是的是的!!

如果你的回答裡面有一個或一個以上是「是」，表示你的身體在向你提出警告：你面臨了危機。

所以，我是處於危機之中的。

根據沃芙博士的說法，分手後的危機一共有四個階段：前兩個階段不值得一提；被拋棄的人至少要在分手一年後才會進入第三階段（找到新的定位）；要進入第四階段（新的生活觀）據稱有可能要花兩到四年的時間。

這個德國女人在開玩笑吧？

3

我決定要縮短自己的危機週期。我要當成是感冒一樣挺過去，我不能讓自己因爲他而浪費兩到四年的時間——人生太短不值得如此。我很堅強，所以可以處理得更快。（「I am strong enough to live without HIM……」（「**我很堅強，沒有他也活得下去。**」）參加三星期駕訓班的人不見得比那些上了幾個月駕訓課的人差……我決定選擇性地做以下這些基本事項：

一、我能接受我因爲和他分手而覺得人生無望的這種心情。

二、每天只用一個小時的時間把自己的悲傷充分表現出來；其餘的時間都不想他。

三、我在工作場合盡量不談我的感受。

四、我注意照顧自己的外表。

五、我不去碰屋子裡一切會讓我想起他的東西。

那類東西其實只有兩件：在遊艇上拍的照片和貝殼。我把它們收進糖果盒裡，用膠帶把盒子一層又一層裹起來，然後放到地下儲藏室。我回到房間，站在鏡子前。

「我已經準備好了。我可以接受事實，我們這段感情已經結束了。」我大聲說出來，努力讓自己的聲音聽起來很有決心。

我媽打開門。

「妳說了什麼嗎？」

「沒有。」

我媽擔心地看著我。

「對不起，我需要獨處一下。」我說，而且有點不高興地等著她離開。

「我願意接受自己的悲傷。」我繼續低聲說：「我已經準備好接受自己的孤獨。」

我覺得很難過。

我覺得很寂寞。

我覺得很糟糕。

臨睡前，我根據書上的建議，洗了個放鬆壓力熱水澡，並且喝了杯熱牛奶加蜂蜜。但我還是睡不著。我還是會忍不住想起他。於是，我開始用腹部呼吸：我把手掌放在胃下方，試著想像我呼出的氣會慢慢從我的手掌下方流出，然後把手掌高高抬起。結果，完全無效。

我腦子裡只想著，**這個混蛋怎麼可以這樣對待我**！

我清楚意識到，我內心還是很痛。憤怒和憎恨是走向解脫的必經過程，沒有辦法釋放出憤怒的人只會延長這個尋求解脫的過程。我必須把怒氣發洩掉，可是，該如何做到？我又拿起那本黃色的小冊子：從冰箱拿出冰塊，在浴室裡把冰塊往地板摔；每摔一次就大聲罵一次自己的伴侶。冰塊打碎的聲音像是玻璃破裂，但是不會有玻璃碎片的問題。但是，我想，德國人不住在我家這種預製板建造的公寓裡吧……開車到荒郊野外，搖下車窗，把你所有的憤怒全部喊出來。沒有人會聽見。嗯，很好，沃芙博士，只可惜我沒有車子！我在出汗，而且我胸口的壓力在增加。做些體能運動。打掃公寓，到花園工作，打網球或去跑步——若欲增強這些活動的功效，不妨想像：網球是那個人的頭，或是在慢跑時想像自己把那個人的頭狠狠踩在腳下。

就是這個！我馬上脫掉睡衣，換上慢跑服！

我正怒氣沖沖地在繫鞋帶時，我媽剛好從浴室走出來。

「你要去跑步？要在午夜慢跑？」

「你最好不要跟我吵這個！」

4

附近社區已然沈沈睡去。對面那排暗暗的公寓裡，只有幾扇窗口有亮光。飛蛾在暈黃的街燈下繞啊繞，人行道空無一人。我跑著，每跑一步，就把他在柏油路上踩一次。我不由自主越跑越快，所以很快地，我覺得胸口很悶。我看都不看四下就跑過馬路，我靠聽覺指路。一直跑一直跑。往學校的方向跑。最後終於停下來，彎著腰喘氣。

四下無人。

「奧立佛，你這個混蛋！」我大聲嚎叫：「我恨你，奧立佛！」

# 第34章

## 不吉利的沉默——羅拉情緒崩潰——悲傷的過程

1

無法相信！

我竟然在想念一個四十歲的愛鬧情緒的酒鬼，一個對我不忠實，並且整個夏天臭著腳丫子的人！

我終於確定了⋯我愛他！

親愛的姊妹們，妳們願意接受我這樣嗎？

我自己也不接受。

## 2

七月裡，我大概打過十次電話給他。但是奧立佛從未接電話。如果我從別的電話打電話給他，他一聽到我的聲音就馬上掛電話。八月，我寄了封長信給他，但是他把信退還給我。連拆都不拆。

當然我開始自責自己對奧立佛的不忠。根據桃樂絲・沃芙博士的說法，我現在還處於名爲情緒爆發的第二階段：情緒上下起伏、急劇波動，感覺無力，內心空虛，互相責備對方破壞了美好的關係，被多疑所折磨，變胖，變笨，沒有吸引力（見沃芙博士所著之《當另一半離開你》第十頁）。

「我需要減肥五到六公斤！」晚上我打電話給英格麗：「或許也需要縮一縮胸？」

「別傻了。妳完全ＯＫ。」

「還是我需要結婚？或者至少弄個小孩來養？」

「妳只是需要忘掉奧立佛而已。」英格麗耐著性子反駁我。

我必須承認在這方面是有一點學問的。請不要讓你們對舊愛的思念決定了你們的感覺和生活；桃樂絲這樣警告著。她也提供了解決的辦法：一個決斷而殘酷、但據說極爲有效的方法，一次就能把自己從舊愛中解放出來——即所謂的「**外顯式悲傷操作法**」。這方法頗類似某些不屬於歐洲文化的哀悼儀式，也就是一種不壓制悲痛、反而刻意將悲傷表達出來的儀式。具體來說就像是這樣的：選一個適當的日子（最好是結婚紀念日之類的），把自己關在屋子裡，至少花六個小時去回想那些和昔日情人在一起的最美麗的回憶（嚴禁想起兩人之間的不愉快）。不要怕心痛的感覺，相反地，要讓它充滿你全身：你所感受的痛苦越深，成效就越大。絕望會隨著流淚的過程而離開，然後會得到對於痛苦回憶的永久免疫力（如果復發，就再重複一遍整個過程）。

「妳覺得如何？」英格麗問我。

「或許吧，」我躊猶豫地說：「或許我會試看看。」

3

我挑選了和奧立佛相識第一週年紀念日作為實驗日（我很幸運：我恰巧一個人在家，我媽陪著營養師前往溫泉小鎮卡洛立瓦立出差兩天）。

我下班回家，鎖上大門，把所有房間的百葉窗放下，把電話筒拿起來，關掉手機，一副準備自殺的樣子。我感到異樣的緊張，在自己面前覺得有些不好意思——我走經玄關的時候，故意不照鏡子。我沖了個澡，穿上以前瑞奇買給我的浪漫夏裝：米白色小碎藍花連身長洋裝。我總覺得我穿這件洋裝看起來太老氣，但是瑞奇硬是說它很適合我。（話說回來，我想，這件洋裝多少透露出瑞奇心目中的女性應該要是什麼樣子。）

我一年前第一次看見奧立佛的時候，身上就是穿這件洋裝。

我先在客廳坐下，但是，我想了一下，就走到自己的房間，躺在舖好被褥的床上。

就是在這張床上，我和奧立佛第一次做愛。

我還是一直覺得沃芙博士在看著我。公寓裡瀰漫著令人不習慣的寂靜。我起身，播放了一張奧立佛最喜歡的CD。突然有種演戲的感覺。這一切實在眞夠折磨人。但是好吧繼續吧。我把所有和奧立佛有關係的東西都收攏，放在床上；不多：兩本裝了加納利群島之遊和克羅埃西亞之行的照片的橘色相本、他送我當生日禮物的銀色項鍊和耳環、他的刮鬍刀（我好長一段時間偷偷拿來刮腿毛，直到他氣得把刮鬍刀送我……）、他的牙刷和印有廣告**約翰走路**威士忌等字樣的黑色T恤——剛在一起時他都穿這件T恤睡覺。這一切都顯得死氣沉沉的，奧立佛不在它們裡面。我的記憶經由照片而復甦，我翻開克羅埃西亞之行的相本——突然想起他眼睛四周的魚尾紋，他寬大的肩膀，他戴在曬黑前臂上的兒童錶，他穿舊的襯衫和毛衣……

我放下相本，回憶他那台老舊的國產斯古達車以及我們去布拉格市郊玩的情景。

我憶起我每次在電影院或是在計程車裡都把頭倚在他肩膀上。

我想到他幫奶奶清掃爸爸的墓的樣子。

我聽到他的鑰匙在鑰匙孔轉動的聲音。

我想像他觸摸我的感覺。

我回想起他的笑，他的聲音，他的呼吸，他的手勢，他的步伐，他的疲累，他的吻。

（到這裡，我已經哭得像隻狗了。）

# 第35章

羅拉對著照片說話——Happy Birthday!——男女關係微亂的秋天——誰要你叫我女性主義份子——勤奮用功的羅伯

## 1

出乎意料地，這做法居然有效。雖然效果來得稍嫌緩慢，但是有效。

首先，我強迫自己不再期待奧立佛會寫信或打電話給我。這幾個星期，我已經可以在想他的時候不會大哭（例外，僅僅證明了規律性）。感謝沃芙博士，我終於領悟到他不是爲了要毀掉我才離開我的……他和那個小明星的曖昧關係並不是要侮辱我——這和我的個人魅力並沒有關係；他把我瞞在鼓裡，不告訴我他的曖昧關係，這只表示他無法爲自己的行爲負責，以及他害怕我可能會出現的反應。

夠了！

九月底，我壯起膽子，到地下儲藏室拿出他的照片，從中挑選最好看的那張，然後把它擺在面前桌上。我已經可以直視他的雙眼。

「我準備要原諒你了，奧立佛。」我大聲對他說：「你只不過是做出了你認爲正確的，而且對自己最好的事。」

（但是，你仍然是一個超級大混蛋！）

2

我媽當然爲我的進步感到高興。她暗中爲我籌辦生日派對。

就像電影裡的情節：星期五，我下班回家，什麼也沒想就開了門（我的生日在星期日），想開燈——咦，開關是不是都壞了。四周黑漆漆的，還聽到奇怪的悉悉嗦嗦的聲音。我覺得很奇怪。突然，所有的燈同時亮起。我面前站著我媽、英格麗和雜誌社裡的編輯群：羅瑪娜、弗拉絲塔、絲登卡、米瑞克，以及——眞令人驚訝！——特莎左娃。吉姆拉先生也在。英格麗手裡拿著插有二十一根蠟燭的蛋糕。

「Happy birthday，親愛的羅拉，happy birthday to you！」所有的人一起唱，而我哭得像隻烏龜。

3

在生日派對上，我猛然意識到我認識這些人都太久了，我需要認識一些新的人。

親愛的姊妹們，妳們想不想知道如何在和前任伴侶分手後再次結識新人？沃芙博士建議妳們：有機會結識新朋友的地方是：圖書館、百貨公司、劇院、電影院、游泳池和辦公室。還想聽一些更具體的建議嗎？想知道，在和奧立佛分手了以後，我都如何在TESCO百貨公司行動嗎？不過就是推著購物車，停在某個商品陳列架前，解開襯衫最上面的兩個釦子，然後裝作無助地向四周張望：假如在十公尺處有一位落單的、看起來還可以的男子（不要奢求偉大的愛情！），你就呼叫他。就這麼簡單，轉身向他問問題：妳們說，找不到麵粉或是泰國咖哩醬。如果妳們在演技方面有困難，可以只低頭看那位受害人的推車。不努力出門認識新人，就不會找到朋友（見沃芙博士所著之《當另一半離開你》第一○二頁）。妳們要微笑，和他聊幾句話（講一些簡單無比的事），讓他請妳們去喝咖啡，或者直接給他電話號碼。重點是：不要斤斤計較地打量那個男人，想知道他可不可能跟妳們發展出長久的關係。最好別想這個。這會使妳們瞬間黯然無光，這個男人會發現到這個，然後馬上放棄。

但是這裡有一個問題：當妳們想要找新的對象來發展關係的時候，免不了會掉進某種……**死胡同裡**（這是某種委婉的說法）。至少我在今年秋天就三度進入了這所謂的死胡同裡。到今天爲止，我還是不懂得，比方說，如何在游泳池畔既對男人表現出很積極的樣子——同時又能有技巧地閃躲，我也不懂得如何做到在吧台不拒絕每一位男人的邀請——然後又不需要和他們上床。

關於這些，沃芙博士欠我一個解釋。

4

英格麗開始拖著我進出酒吧和各種俱樂部（有時我媽會跟著）。通常我都會擺出一副很痛苦的神情——好像我是被千呼萬喚之後才百般不情願地來到這裡——於是他們男人也就不對我抱任何期待（但我最近才知道，能夠在酒吧裡認識到有用的對象的機會少之又少，比在其他地方的機率還要小）。不過，在這裡發生的事情，就僅僅只是發生過了而已——親愛的女人們，假如妳們自己曾經去過，或者兩、三人結伴去過這類地方，妳們一定知道我在說什麼。事情永遠是從鄰桌拋來的目光開始。我想，男人們應該在自家鏡子前看一看自己那種盡在不言中的眼神是怎麼回事，這樣他們才會知道，四杯酒下肚之後，他們那種盡在不言中的眼神會變成什麼德行……這還只是開始而已，他們裡面遲早會有人不請自來，走向妳們，盯著妳們的上衣領口說出怎麼樣啊，小貓們，我們這幾個怎麼樣呀？（或者是類似的富有創意的話）；然後神氣十足地望向自己那群五十來歲的頭髮灰白的同伴，只見他同伴們像國中生似的朝妳們擠眉弄眼。然後他從妳們碗裡抓起一把花生米，用如同火車頭蒸汽機的節奏，把它們一顆接一顆丟進嘴裡。妳們丟給他一個言簡意賅的答案，男人咧開嘴大笑，妳們看到了他那滿是黃金色爛花生米糊的大舌頭（他認爲自己是在展示一個**燦爛的笑容**），然後他說：

「懂啦！」

「對不起，」我媽冷冷地對他說：「但是我們想自己玩。」

「怎麼自己玩？大家來這裡就是要找樂子的！」男子糾正她，但是他原本自信滿滿的笑容裡已經出現明顯的傷痕。

「在這方面我們和其他人沒有不同，」我媽沈著地說：「**剛才**我們自己還玩得很高興。」

「跟我們一起玩，說不定妳們會更高興……」那個男人笑著指了指與他同桌的人。

我媽緩緩瞥了他們一眼，故意把目光停頓了一會兒。

「對我來說，這好像非常不太可能。」然後她冷冷一笑。

那男子看起來似乎是要對我媽動粗——但他拋下一句「哼，**冷感的女性主義者**」後就離開了。

這些你們都知道的嘛。

5

十月，我在「**堅固的不確定**」餐廳結識了一個男生，他跟那些花花公子之類的人很不一樣。

他的名字叫做羅伯，個子稍小，但是長得俊俏，在教育學院唸書，與朋友們來這裡慶祝他通過主科考試。他們沒有注意到我和英格麗，所以我主動上前問他，我們可不可以加入他們。

英格麗和他的朋友在大約半個小時之後離去，嗯，各自離去（他朋友有口臭），留下我跟羅伯繼續聊天。在聊天的時候，他要嘛就一聲不吭，要嘛就只講他自己的事，所以坦白說，我感覺不是很舒服。當然我從頭到尾都做到了適度地保持微笑，但是他整個晚上都沒辦法讓我**眞心**笑出來。我告訴自己，嘸魚蝦嘛好。那個誰不是寫過嗎，生命裡都是輕盈的玩笑？此外，當他說到有關筆試或是有關馬荷娃副教授的**主科考試**，他的眼睛發亮，閃耀著興奮之情……結帳的時候，我碰了他的手。

「我跟我媽一起住，所以沒法到我家。」我說：「你住得遠嗎？」

很明顯的，我想要用跟別人上床來解決我的孤獨。很明顯的，我想要感受肌膚之親，並且覺得自己還是有人要的（見沃芙博士《當另一半離開你》第一〇六頁）。

「我住史塔拉沃夫區。」他很誠實：「在學生宿舍裡。」

聽起來實在非常羅曼蒂克。

6

羅伯在床上的表現還可以，而我覺得有點丟臉，這是我第一次用了點手腕——我假裝有高潮。

「喜歡嗎?」在早餐時，他問我。

我從來不懂：他們一定知道的呀，我們就算不喜歡也不會告訴他們眞正的感受——但他們還是要問……

「你要我爲你**打分數**嗎?」我說。

他笑得很緊張——就像是學生在每次老師打分數之前的緊張樣子。

「高分通過。」我很認眞地說。他高興得臉都紅了。

7

羅伯的生活，就在冬季學期和夏季學期的循環中度過：他目前的人生最高目標乃是通過馬荷娃副教授的主科考試。

我努力讓自己了解這件事。

我試著不要過度攪亂他的注意力。

我們一星期只見一、兩次面，但是我沒有抱怨。我覺得安慰的是，羅伯在夏天完成了馬荷娃副教授的主科考試之後，我們一起慶祝——然後我們就同居了。

# 第36章

熟悉的筆跡——不妥協的羅拉——家庭團圓之綠色象徵——更年期的轉變——地鐵裡的奧菲斯

1

十二月五日——這日期我記得很清楚，因爲我在回家的途中遇見了不計其數的魔鬼、聖尼古拉和天使㊟——我從雜誌社下班回到家，跟平常一樣，打開我家的信箱——某件東西一下子就

---

譯註：十二月五日是捷克的聖尼古拉節，當天很多人在這天會打扮成魔鬼、聖尼古拉或天使在街上遊行。

扎進我的心坎裡。

我馬上認出那是奧立佛的字跡。

我一碰到椅子就坐下，仔細端詳信封，郵票上是有名的插畫家拉達的畫作，一個被雪覆蓋的小村莊。我知道我不可以打開信（不要打電話給他！不要寫信給他！不要回他的信！見《當另一半離開你》第四十一頁），但是同時我又飽受好奇心煎熬。我真的感覺到，我原本的希望又獲取了養分，活了過來。我抓起手機打電話給英格麗。

「他寄給我一封信！」我激動地說。

「你是說羅伯？」

「是**奧立佛**！奧立佛寄給我一封信！」

英格麗嘆了氣。

「妳沒打開它吧？」她擔憂地說。

「只是讀一下也不行嗎？」

「不行，」她命令我：「把它塞進大信封袋裡，馬上寄還給他。」

「我不會回信給他的，」我提出折衷的做法：「讀一下就好……」

「不行！」英格麗堅持她的意見：「絕對不行！」

2

「奧立佛寄信給我，」那天晚上我告訴我媽：「我該怎麼辦？」

我把整封信拿給我媽看。我還沒有打開它，但是我這幾個小時裡面都沒辦法想別的事。

我媽看起來也不知道怎麼辦好。她坐在桌旁，點起香菸。白色的信封躺在我跟她之間。過了好一會兒。

「妳知道的，孩子，我愛妳。」她說：「我好希望能幫妳出個主意。我好希望能幫妳出個能夠給你**幸福的**主意——但，看看**我自己**，我過得……」

我媽無奈地張開雙臂。這個動作裡面，包含了過去幾年裡所有的失敗的感情關係。

「我還能給誰出主意呢？」她有氣無力地補上這麼一句話。

3

隔天，我把信寄還給奧立佛。

沒有拆封。

我爲自己感到驕傲，最後還向羅伯誇耀我的絕不妥協。

這之後一直到耶誕節，我陸續收到另兩封來自奧立佛的信。

我遵循沃芙博士、英格麗和羅伯的建議，對它們做了同樣的處理。

4

元旦過後沒幾天，我在搭地鐵上班的途中發現了第一封信。我當然什麼都沒料到，所以半是好奇半是疑惑，走近了那面金屬欄框，讀起了張貼在裡面的東西：

親愛的羅拉：

妳什麼都沒留下，只留給我思念。我寫下的這句話，聽起來像是美國暢銷小說中會出現的愚蠢對話，我們還曾經一起嘲笑過這類東西——但我現在講起這些陳腔濫調卻是真的發自內心深處。每一天，每一小時，我都想著妳；在公司，在車上，在家裡，在Z醫生的候診室中——在每一個地方想著你。每當我在記憶中搜尋到新的畫面或者只是些新的情節，我都會欣喜若狂，但是又會馬上陷入低潮……

突然間，我了解到這封信是奧立佛寫的，而它的收信人是我。我吃驚地屏住呼吸，不由自主地漲紅了臉，往後退一步，小心地向四周張望，怕一同搭車的人裡面會有人察覺到我就是這封信的收信人……

5

我媽、英格麗和羅伯三人，一致認爲奧立佛是無病呻吟和一個暴露狂，他這樣公開寫情書實在是毫無品味可言的舉動。整整半年裡，我自己在矛盾的感覺裡掙扎：他的第二封信最讓我不舒服，我覺得自己簡直就要崩潰。

到了三月，第三封信出現了。羅伯心裡的某種戰鬥性被喚醒了。他決定要跟我一起回應奧立佛；他還請了律師朋友來幫忙。

奧立佛沒有放棄。

他接下來還寫了三封信。

我很佩服他的毅力，而且我常常想起他。

6

六月的信是最後一封。

七月，我坐遍了全市所有的地鐵路線，在各個地鐵站車廂之間來來回回走動，但是那金屬方框裡面又變成了以前那類的商品廣告。

「感謝上帝，」羅伯酸溜溜地說。

（他沒有通過主科考試。）

# 結尾

（是的，我知道，親愛的女人們……我也喜歡故事最後能出現幸福的結局……）

去年十二月初，就在奧立佛的最後一封信之後六個月，我們家客廳的桌上出現了一個插有四根紅蠟燭的傳統耶誕花環。

「這是什麼？！」我很驚訝。

「這是**耶誕花環**，親愛的。」我媽回答，然後看了奧立佛一眼，口氣頗有嘲弄之意：「象徵我們家庭的大團圓……」

她想把話說得很尖酸，但是我沒有被她騙。

我搖搖頭。

「我們反正不慶祝耶誕節，不是嗎。」我反駁。

「礙著妳了嗎?」

「倒也沒有。」我說。

我坐在奧立佛的膝上，看著花環，兀自沈吟。奧立佛小心翼翼地環抱著我，另一隻空著的手摸著我隆起的肚子。

我媽坐在我們倆的對面。

「今年就是十年了，」過一會兒她說：「或許可以做一些改變了。」

「爲什麼?」

「我老了，親愛的。這是問題所在。進入了更年期的我，多愁善感得不得了。你們不會相信，所有的事都會隨著時間跳進我的心裡……」

我懷疑地看著她。

「例如什麼?」我問。

我媽不好意思，輕咳一下，深吸了一口氣。

「我想，或許我可以邀請吉姆拉先生在耶誕夜來我們家一起過。」

「**吉姆拉先生**?」我和奧立佛幾乎是同時說出口。

然後，我們倆一起擁抱她。

國家圖書館出版品預行編目資料

6封布拉格地鐵的情書／米哈・伊維 (Michal Viewegh)
作；林蒔慧譯.-- 初版--
臺北市：大塊文化，2003 [民 92]
面：　　公分.--(To : 18)
譯自：Roman pro zeny
ISBN　986-7975-77-4 (平裝)

882.457　　　　　　　92001110

LOCUS

LOCUS